Danilo Diamanti

Controvento

Questo libro è un'opera di fantasia. I personaggi sono invenzioni dell'autore e hanno il solo scopo di conferire veridicità alla narrazione.

Qualsiasi analogia con fatti, luoghi e persone, vive o scomparse, è del tutto casuale.

A chi silenziosamente accetta
A chi ne ha abbastanza
A chi non ne ha voglia
A chi, poi, reagisce

Un lavoro stabile, una compagna e quello che dovrebbe bastare per essere, se non felici, almeno soddisfatti.

Tutto presente nella quotidianità di Carlo, protagonista di *Controvento* la cui realizzazione personale sembra compiuta però solo in apparenza.

In nome del quieto vivere ha, infatti, sacrificato i propri sogni e soprattutto la fedeltà a se stesso.

Ed eccolo lì, in perenne attesa di qualcosa che gli faccia riprendere una nuova consapevolezza e il coraggio di vivere nel modo in cui davvero vuole.

In un frammentato dialogo col bambino che fu, Carlo ripercorre la sua storia emotiva, cercando l'origine dei suoi blocchi per scioglierli e rimpossessarsi finalmente della sua esistenza.

Controvento è, infatti, un romanzo il cui autore, Danilo Diamanti, si rivela attraverso il proprio alter-ego, a cui delega il compito di narrare la storia in prima persona.

Un punto di vista parziale e centrato sul protagonista come spesso accade in un'opera prima, che scaturisce non dalla voglia di costruire mondi ma di raccontare il proprio.

Raccontarsi mettendosi a nudo con estrema onestà, se è vero che Carlo, attraverso gli altri, ci ricorda costantemente quali siano le sue potenzialità, cercando di convincere egli stesso ancor prima di noi lettori; ma, con la stessa schiettezza con cui non si fa pudore di esibire i suoi punti di forza, Diamanti porta a galla i suoi limiti, le sue paure e le sue meschinità, rivelandoci che a volte anche le avventure più entusiasmanti iniziano da una fuga da noi stessi.

Ed è proprio questa la forza del romanzo, che, con un linguaggio altrettanto schietto e sincero, offre al lettore un termine di confronto con cui dialogare serenamente, per accorgersi che non è mai detta l'ultima parola, anche se spesso siamo noi il nostro nemico, un nemico che prende le sembianze dell'abitudine e della rinuncia.

La nostra realizzazione è lì, a portata di mano, se solo ci fermiamo ad ascoltare davvero noi stessi senza dare credito a ciò che gli altri si aspettano.

Prima che il protagonista di un romanzo, Carlo è un amico, l'amico che ci trascina in avventure esaltanti ma soprattutto quello che ti sta a sentire quando le cose non vanno perché ha capito che, per vedere la luce che si rischiara oltre quell'orizzonte richiamato già dal titolo, bisogna innanzitutto accettarsi senza starsi troppo a giudicare.

Perché solo comprendere la nostra natura ci permette di attuarne tutte le potenzialità e di aprirci al mondo, un mondo che, alla fine, può darci quello che abbiamo sempre cercato fin dall'inizio.

I
Non ricordo quanti anni avessi

Non ricordo quanti anni avessi quando, per la prima volta, rimasi folgorato da un tramonto, forse dieci o undici.

Ricordo, però, che ero sdraiato sull'erba soffice alle pendici del Monte Soratte. Qui, nel piccolo paese di Sant'Oreste, sono nato e cresciuto. Intorno a me bivaccavano maiali e pecore.

Rimasi fisso a guardare il sole che arrossiva fino a quando scomparve all'orizzonte. Mi sentivo tutt'uno con la natura, parte integrante di uno spettacolo mozzafiato e spettatore di una meraviglia che era lì solamente per me.

A volte guardavo addirittura così insistentemente il sole da poter cogliere i suoi infiniti colori. Quello che mi affascinava di più era la sua calma nel muoversi fino a essere inghiottito dall'orizzonte. In quei momenti avevo l'impressione che non voleva cedere alla sera, al buio, cercando di lottare per portare luce a un cielo bisognoso di lui nel tentativo di farlo diventare rosso di fatica, di voglia, di amore.

Sì, il sole dà amore, energia, siamo tutti dipendenti da lui: anche il cielo, così apparentemente sicuro di sé, così intenso di azzurro quando il sole brilla nel suo splendore!

Avevo come l'impressione che le stelle facessero parte del cielo insieme alle nuvole e i pianeti. Il sole no. Lui sembrava fosse costretto a ritirarsi per dare a tutta la terra, uomini e animali compresi, la possibilità di riposare.

Anche oggi, quando riesco a uscire dall'ufficio in un orario decente e quando ho bisogno di un po' di tranquillità prima di tornare a casa, cerco un posto lontano dal frastuono della città per celebrare in silenzio con la natura il rito del tramonto.

Oggi è stato un giorno di quelli e, come ogni volta, colgo particolari nuovi e affascinanti, unici. Mi tuffo in quelle emozioni e faccio viaggi in terre lontane, ascolto il suono del mare e a volte, se c'è molto vento, riesco addirittura a volare! Apro le braccia e volo via trasportato dal vento. Però, appena il sole si spegne, vengo catapultato nuovamente nella vita reale e i pensieri tornano insistenti nella mente.

Lo stress torna a mordere lo stomaco e mi avvolge un senso d'insoddisfazione che negli ultimi anni continua a incalzare. Per conviverci ho dovuto imparare ad accettarlo. Accettare un lavoro privo di stimoli e soddisfazioni, accettare che una fiamma di passione diventi quotidianità, i giudizi e i pregiudizi della gente per essere a mia volta accettato.

Tornando a casa in macchina percorro sempre la lunghissima via Flaminia.

Man mano che la strada scorre veloce, sento che il senso d'insoddisfazione si fa sempre più forte e che nemmeno la visione di un tramonto spettacolare è riuscita ad addolcire l'infelicità che ora sento cruda e che punta il dito sulla mia consapevolezza. Cerco di non pensare, alzo lo stereo, accelero. Chiamo un amico.

Mi viene istintivo chiamare qualcuno quando sono in questo stato. È come se una voce amica colmasse quel vuoto vorticoso dentro di me. Parlo e mi distraggo, mi guardo intorno e faccio caso a una cosa: ogni volta che mi trovo a percorrere la Flaminia, all'altezza tra Sacrofano e Riano, sono al telefono!

Allora mi viene automatico pensare che quando guidiamo i luoghi che scorrono fuori dal finestrino hanno il potere di darci emozioni sia positive, serenità, gioia, senso di libertà, sia negative come l'ansia, il nervosismo e la negatività.

Questo luogo poco lontano da casa mi fa entrare in contatto con le mie paure, le mie ansie. Così, automaticamente cerco un diversivo per non cadere preda a pensieri negativi.

Quando arrivo a casa ho una voglia smodata di rilassarmi, accendo la TV in cucina e in camera solo per sentire voci e rumori intorno a me. Sono le 19:00 e a casa sono solo. Anna tornerà dopo le 20:00 e ho bisogno sempre più di non pensare. La TV non mi aiuta, così la spengo e mi metto sul letto, leggo un libro.

Dopo poco i miei occhi si chiudono in un sonno profondo e li riapro solamente nel momento in cui la mia ragazza, tornata da lavoro, mi scuote bruscamente. Mi alzo di scatto con un gran senso di agitazione e voglia di uccidere! Mi urla contro parole piene di rancore.

«Sei sempre il solito, non mi porti mai a cena fuori o al cinema o a visitare luoghi nuovi, ti trovo sempre qui a dormire, appena torni da lavoro sei uno straccio, hai la forza solo di centrare il letto».

Rimango in silenzio, disteso, la guardo fissa negli occhi e cerco di capire dov'è quella luce che mi aveva folgorato tre anni fa quando l'avevo conosciuta, dov'era andata a finire quella donna piena di allegria e positività.

Svincolo tra le grida, mi ricordo improvvisamente di avere una cena, faccio una doccia, mi vesto velocemente ed esco senza nemmeno salutarla.

II
Sono in ritardo

Sono in ritardo e tutti i miei ex compagni di classe aspettano solo me. Applausi, risa e battute accolgono la mia entrata al ristorante. Mi prendono in giro perché li ho fatti aspettare tanto. C'erano tutti.

Dopo ben dodici anni dall'ultima volta in cui ci siamo visti, il mio amico Luca si è preso la briga di organizzare una cena tramite Facebook. Senza faticare poi tanto è riuscito a convincere l'ex V D del Liceo Scientifico Serra di Roma a riunirsi. Ci sono proprio tutti.

Antonio, detentore del record di note sul registro: ricordo vividamente quando lo beccarono mentre tirava dalla finestra del bagno del terzo piano dei pezzi di maioliche sulla macchina di Pandolfi, il prof. di matematica. Ora scopro che è diventato manager di non so quale ditta multinazionale.

Gino: a quei tempi si ammazzava così tanto di canne che un giorno non riconobbe sua madre per quanto era fatto. Adesso ostenta lucidità e cultura, è un radical chic.

Loredana, era la più bella del liceo, la più ambita da tutti noi ma perennemente occupata a flirtare con ragazzi più grandi. Il suo modo di fare, così superiore, ci faceva sentire degli sfigati. Non ci posso credere, ancora parla con quella sua flemma da gatta morta. Si è laureata in architettura e già si ritrova a gestire lo studio del padre, uno dei più prestigiosi di Roma.

«Scusate il ritardo».

Mi volto, è Giulia. Non mi ero accorto della sua assenza! La mia prima storia, il mio primo sbandamento e folle amore. Bella, ancora più bella, donna, sicura di sé. Quegli occhi: un brivido sulla schiena mi blocca appena li incrocio di nuovo.

11

Sono rimasto stordito e con la bocca semiaperta. Viene verso di me, mi alzo di scatto e dice: «Posso sedermi qui, vicino a te? Comunque, ciao».

Io, inebetito: «Oh scusami, ciao, certo che puoi sederti qui!».

Il ristorante, dopo una certa ora, diventa pub: una band sale su un piccolo palco e comincia a suonare musica rock, folk, molto coinvolgente.

Il vino inizia a salire in testa e le discussioni tra di noi generano risate a crepapelle. Sento lontana l'angoscia che mi accompagna da mesi.

Si fa risentire quando Gino mi esorta a esibirmi con una canzone che scrissi ai tempi del liceo.

«Dai, vai sul palco, fatti prestare una chitarra e suona "Siamo Unici"».

Il frastuono degli altri miei compagni che, per il forte urlare e battere sul tavolo, fermano la band non lasciandomi altra scelta se non quella di alzarmi e andare sul palco. Sono anni che non canto, che non scrivo più nulla, assorbito dal lavoro e da cose "reali".

I sogni, le fantasie e le aspettative le ho buttate in chissà in quale angolo del mio passato, stanco di non sentirmi all'altezza di creare un qualcosa di unico.

Cammino fra i tavoli frastornato dalle urla dei miei compagni di scuola, sempre più assordanti, sommate a quelle di gente sconosciuta che si è fatta prendere dal casino generale.

Vado verso il palco, dove il cantante della band mi aspetta. Si sfila la chitarra dalla spalla e si avvicina al microfono. Mi presenta a gran voce come fossi la star della serata che tutti aspettavano.

«Dalle grida dei tuoi amici, ora conosco il tuo nome. Carlo, cosa ci canti?».

Io, aggiustandomi la chitarra, lo scanso gentilmente dall'asta del microfono e, quasi tremante, dico: «Bastardi, mi avete incastrato! Solo per voi ripropongo *Siamo unici* e per il ricordo di quando cantavamo a squarciagola nei corridoi del liceo nell'ora della ricreazione».

Tra la fine della presentazione del brano e le prime note suonate c'è un lasso di tempo molto breve, pochissimi istanti, dove il silenzio regna e chi si esibisce li utilizza per entrare nel pezzo.

In quell'istante si sentono anche la forte attesa e le aspettative di chi ascolta.

Credo che la forza e la personalità di un cantante sia affrontare senza paura quei secondi senza sentirsi inadeguato, evitando quindi di partire già sconfitto.

Un mio amico mi diceva sempre che concentrarsi non è altro che dirsi «Ci riuscirò, sono il migliore, niente mi può fermare!».

C'è ancora chi, sbandato dal vino, tira qualche urlo. Alzando lo sguardo vedo Giulia quasi rigida sulla sedia, improvvisamente così timida e vulnerabile.

Si ricorderà che questa canzone la dedicai a lei? Siamo Unici, frutto di una mia personale sintesi di SMS e lettere scritte da lei, molto più brava di me a trasformare in romanzo qualsiasi cosa aveva per la mente.

Pizzico le corde e parte la mia voce come fosse guidata da un muscolo involontario, chiudo gli occhi e mi ritrovo solo, al buio nella mia stanza da letto, il mio rifugio adolescenziale, con le cuffie ad ascoltare lo stereo e pieno di sogni, di speranze, la testa sgombra da stress e pensieri, da paranoie varie, senza responsabilità, leggero.

Amo questa sensazione, amo perdermi, catalizzare l'attenzione di chi ascolta, entrare in un vortice di energie positive, sensibile ad ogni sguardo interessato, attratto dal suono che emetto, dolce e morbido poi acuto e forte, sibilante come un orgasmo.

Di tempo ne è passato, ma i brividi e il calore nelle vene sono gli stessi, in un attimo ripercorro quei momenti quando vivevo per la musica, quando puntavo a fare strada, quando era facile credere a tutte le possibilità, libero da ogni pregiudizio, quando ancora ignoravo la falsità di un mondo fatto di talent scout avidi di soldi più che di estro, di tenacia e di grinta di un artista.

Man mano che mi affacciavo all'ambiente dei concorsi musicali, soprattutto nazionali, scoprivo un mondo fatto di finti meccanismi. Bastava poco per accorgersi di quanta spazzatura c'era in giro e di come i concorsi venivano abilmente truccati.

Mi venne in mente, per un secondo, la mia ultima apparizione su un palco. Era in occasione di una gara che prevedeva come premio l'accesso al Festival di San Remo.

Per un voto non passai.

Venni a scoprire, poi, che quel voto lo regalarono a una tizia che aveva una relazione col giurato. Di colpo sento cocente una ferita che ancora non si è rimarginata.

13

Mi sale sempre più la rabbia, mi blocco, smetto di cantare, interrompo a metà la canzone. Il gelo pervade il pub.

In uno stato di trance mi tolgo la chitarra, la poso sul palco e corro spedito in bagno senza dare minimamente importanza a tutti quegli sguardi perplessi di amici e sconosciuti che cercavano attoniti di capire cosa mi fosse accaduto.

Chiudo la porta del bagno e, guardandomi allo specchio, ho la forte sensazione di non conoscere quel viso, quella persona. Quasi estraneo a me stesso piango, le lacrime escono involontariamente, più cerco di calmarmi più sto male, il respiro affannoso, voglia di fuggire.

Improvvisamente, sento una mano che mi sfiora la schiena, un brivido freddo percorre tutto il mio corpo, poi un gran calore, mi volto, è Giulia, con un viso preoccupato mi chiede cosa fosse successo e io, bloccato, non le rispondo.

Mi abbraccia e mi stringe forte, con parole dolci cerca di tranquillizzarmi, io ricomincio a piangere senza controllo, lei mi stringe ancora più forte. Il suo calore mi avvolge sempre di più. Cerco di spiegarle la sensazione di smarrimento provata, mista a rabbia e fallimento, ai miei momenti difficili col lavoro, con la mia ragazza, con i sogni tenuti chiusi dentro chissà quale prigione morale, al mio perenne senso d'insoddisfazione che si scontra con l'emozione fortissima sentita questa sera mentre di nuovo cantavo e suonavo libero.

Quel senso di libertà oramai mi fa paura, mi spiazza e mi rende di colpo instabile. Giulia non fa altro che ascoltarmi, la sento vicina e questo mi rasserena.

Un ultimo abbraccio e mi dice: «Dai, andiamo che ci stanno aspettando. Sciacquati la faccia e raggiungiamoli».

Torniamo al tavolo ridendo come non fosse successo niente. Aspettavano da più di mezz'ora, preoccupati si saranno chiesti cosa fosse successo.

Col sorriso stampato sulle labbra, anticipo qualsiasi domanda dicendo: «Scusate ragazzi, questo era l'unico modo per parlare un po' con Giulia da soli».

A seguire una risata generale. Antonio si alza: «Carlo, ci hai emozionato, io sinceramente non capisco il perché della tua fuga, non importa, avrai avuto i tuoi motivi, ma ora… riprendiamo a bere!».

Subito dopo Gino urla: «Facciamo un brindisi al V D. Su i calici!».

Continuiamo a bere, l'aria si rasserena subito e intorno a me vedo solo sguardi complici. Soprattutto il suo, quello di Giulia, così profondo e positivo. Provo grande e, forse, troppa attrazione per una ragazza che dopo tanti anni credevo dimenticata. Usciamo dal locale barcollando e abbracciati gli uni agli altri. Quello è l'ultimo ricordo che ho.

III
Un raggio di sole

Un raggio di sole insistente mi forza le palpebre, apro gli occhi, sento subito un mal di testa che picchia incessantemente.

Dove mi trovo? Mi guardo di scatto intorno e non riconosco dove sono. I muri lasciano posto a finestre giganti, fuori c'è un bellissimo prato verde, i cani abbaiano. I miei vestiti sono sul pavimento e io sopra un divano in un salotto troppo grande, colorato e pieno di fiori.

Dove sono capitato? Cerco di ricordare, mi sforzo e rammento solo gli amici all'uscita del pub, le loro urla e Giulia che rideva accanto a me, io che la abbracciavo. Poi?

Ho dei flashback: io dentro alla sua macchina, il suo sorriso, il suo profumo, io che guardavo la strada con un solo occhio, mi girava tutto, strizzavo le palpebre ed era peggio.

Poi ricordo che le ho chiesto di fermarsi. Vomitai più di una volta.

«Ma che fai, parli da solo?» dice entrando timidamente in salotto.

«Si, scusami ma sono ancora fuori fase. Non ricordo tante cose della notte scorsa, non so come mi ritrovo qui!»

Mi metto di corsa i jeans.

«Eri troppo ubriaco per guidare. Non sapevo dove abitassi e ti ho portato a casa mia».

Mi guarda negli occhi: «Ho sbagliato?».

Io, irrigidito dalle possibili conseguenze che poteva portare un evento simile, le rispondo: «No, sei stata gentilissima, ma non ho detto nulla alla mia ragazza, conoscendola avrà già chiamato la polizia».

«Ma dai tranquillizzati, vieni in cucina che il pranzo è quasi pronto».

Sono incredulo: ho perso la cognizione del tempo,

«Il pranzo? Ma che diavolo di ora è?»

Sono sempre più nervoso e lei, invece, sembra così tranquilla. «Sono le 13:00, dai che è pronto!».

Prendo di corsa il cellulare, non si accende, è scarico.

Sono sempre più agitato, mi vesto, vado in cucina e vedo lei che condisce la pasta, un profumo sublime mi distoglie per un attimo dalle mie paranoie.

Le chiedo se mi presta il carica batterie, le mostro il modello del mio cellulare e me lo passa.

Chiamo a casa e Anna non risponde. Chiamo sul suo cellulare ma è staccato.

Dalla cucina Giulia chiede: «Metto il formaggio sulla pasta?».

La sento dall'altra camera, non le rispondo e mi accorgo che sono assorto in mille pensieri. Torno da lei, appoggio il cellulare sul tavolo e, senza guardarla, la saluto.

«Dove vai?» dice preoccupata correndo verso di me.

«Cerco di trovare l'uscita!», le rispondo.

«Ma fermati! Dove vai? Tutta questa fretta, perché? Rilassati! Non succede nulla se rimani a pranzo qui con me! Non uccidi nessuno: se qualcuno sarà in pensiero, non credo che un paio di ore in più possano cambiare qualcosa!»

Mi blocca la spalla con la mano.

«Non ci riesco a rilassarmi»

Le tolgo la mano dalla mia spalla.

«Ehi Carlo, guardami negli occhi, il senso di colpa non ti porta a niente, pensa a cosa vorresti ora, non pensare a cosa potrebbe pensare Anna, forse lei non è affatto preoccupata e poi, pensa a te… ti piacciono i ravioli?»

Lei è dietro di me, con un fare sempre più rasserenate e dolce. Mi volto, la guardo negli occhi, mi sorride e già sento lontane le preoccupazioni. Libero dai sensi di colpa, la seguo in cucina. «Allora ti piacciono questi ravioli? Non hai aperto bocca!».

La ringrazio e lei: «Di cosa? Dei ravioli?» mi risponde ridendo. «No, o meglio non solo. Grazie per ieri sera, grazie per essermi stata vicina, per avermi ascoltato, per cercare ancora di tranquillizzarmi e farmi sentire il tuo calore. Del resto sono stato io a chiudere la nostra storia in malo modo, anni fa.»

Giulia mi blocca.

«È acqua passata, sinceramente nemmeno ricordo come andò, e nemmeno mi importa, ora mi importi tu! Hai delle potenzialità personali, caratteriali e artistiche offuscate da un momento di confusione, una crisi che ha radici nella tua sensibilità. Voglio aiutarti perché ti conosco e voglio che tu stia bene, perché quando tu stai bene, hai quel qualcosa in più che tanti, troppi, sognano!»

«Ma non è che poi devo pagare il conto? Non sapevo fossi un'analista!»

Scoppia in una risata composta.

«Ma no! Sei pazzo? Mi ci vedi ad ascoltare cazzi di sconosciuti? Voglio solo, se mi dai l'opportunità, esserti amica, anche perché ho l'impressione che non hai più tanti amici».

Aveva colto il punto.

«Diciamo che non ho più amici fidati».

Insiste nell'argomentare, forse mi conosce davvero così bene come dice.

«Ecco, e tutto questo perché? Per salvaguardare una storia da uscite, divertimenti e bevute con amici? Pensi che la castrazione sia la soluzione per affrontare una relazione in maniera fedele, senza gelosie, senza desideri extra coniugali?».

Non so che risponderle. Giulia ha colto nel segno e questo mi dà ansia. Allo stesso tempo mi sento compreso.

Mi alzo e vado verso il frigorifero.

«Cosa cerchi?» dice mentre mi viene dietro.

«Birra», le rispondo rovistando nei ripiani.

«Ma scusa, ti devi ancora riprendere da ieri sera e vuoi dell'alcool? Eccola lì sotto, la birra, è nell'ultimo ripiano».

Ne prendo una, la apro con la parte posteriore della forchetta. «Non si dice che il miglior modo per superare una sbornia sia bere anche la mattina dopo?» le dico con la birra innalzata come un trofeo.

«Credi a tutto, allora? Bisogna bere solo tanta acqua».

Continuo con l'ironia

«Beh, la birra è acqua colorata! Avevo ragione, quindi.» Continuiamo a mangiare e soprattutto a parlare, ridere.

Sono incuriosito dal suo modo di raccontare le cose, soprattutto quando parla della sua vita.

Ogni particolare suscita in me grande interesse. Parla della sua storia d'amore, dei primi anni di fuoco e della convivenza. Poi del collasso, causato da incompatibilità che si presentarono non appena si erano conosciuti meglio.

Mentre parla, penso a com'è simile la mia situazione e a come, con il tempo, vengono fuori quegli aspetti del carattere che tieni chiusi a chiave solo per non stare a discutere, per non far ingelosire o semplicemente per paura che all'altra persona non possano piacere. Tutto per paura di perdere l'altro.

All'inizio il rapporto è falso, basato sull'egoismo: ho bisogno di te quindi mi comporto come tu vorresti. Cerchi di smussare i tuoi "difetti" per essere la persona ideale, fingi, sopporti, solo perché sei infatuato, solo perché "l'altro" ti fa stare bene.

Questo non è egoismo? Plasmare la tua realtà per una cosa che a te piace.

Poi, più passa il tempo e più l'abitudine e la quotidianità prendono il sopravvento.

A un certo punto ti stanchi di nasconderti, vieni allo scoperto e capisci di essere amato davvero solamente quando i tuoi difetti vengono accettati.

Solo in quel momento si capisce se si è fatti per restare insieme. Al contrario, se non c'è complicità, ti sentirai così imprigionato da voler scappare in qualsiasi modo. C'è chi ha le palle e affronta l'incompatibilità, c'è chi invece mente a se stesso cercando altre vie di soddisfazione. Poi c'è chi, come me, vive l'incompatibilità come senso di colpa e continua a forzarsi di essere quello che non è.

La voce di Giulia mi distoglie dai pensieri.

«Ehi, ti sei perso? Cosa è quella faccia? Ti sto annoiando?» mi domanda quasi offesa dal mio stato di assenza. «Vuoi ballare?»

«Stai scherzando?» le rispondo.

Euforica, insiste.

«Dai, balliamo, aspetta che accendo lo stereo, play… ecco, partita!»

Dalle casse esce una musica ritmata, quasi tribale e molto coinvolgente. Giulia spegne la luce, mi porge una bottiglia di vino appena aperta e mi invita a bere direttamente da questa. Balliamo e beviamo, io sempre più dolce nei movimenti, lei così sensuale e attraente.

Siamo in un vortice, travolti dalla leggerezza delle emozioni, siamo libellule libere in un bosco verde.

Il piacere è avvolgente, tolgo la camicia e la butto per terra, bevo altro vino, ne cade un po' sul mio petto nudo e lei non ci pensa due volte. Comincia a leccare il vino, a leccare il mio petto.

È come se non ci fossimo mai persi, quelle labbra carnose, rosse, che ogni tanto si morde.

Sono al centro di un uragano di sensazioni, estasiato dalla sua libertà e dalla mia tanto desiderata leggerezza.

La musica si ferma, finisce il disco, ci ritroviamo abbracciati accanto alla finestra che si affaccia sulla piscina. È giugno e le giornate cominciano a essere riscaldate da un sole potente.

Giulia mi prende per mano, comincia a correre, usciamo fuori ma non riesco a starle dietro, inciampo, casco sull'erba, mi rialzo a fatica e la continuo a seguire su di un sentiero di piante profumate.

Non mi chiedo più nulla, ho staccato i pensieri. Non so in fondo chi sia questa donna, le esperienze che ha vissuto in passato, le sue storie, i suoi piaceri, i suoi dolori, non so che lavoro faccia, come possa permettersi una casa del genere. Non m'importa. Sono eccitato da queste sensazioni nuove, dalla mia voglia di evadere, dall'aver ritrovato emozioni che pensavo perse, sentirmi di nuovo attratto e allo stesso tempo desiderato.

«Dai vieni, corri!»

A stento le sto dietro. Si ferma, la raggiungo e respiro affannosamente.

«Alza la testa e guarda laggiù» grida con tutta la voce che possiede.

Alzo gli occhi: meravigliosamente sotto la vallata, immerso nel verde, intravedo un laghetto.

«Andiamo», dice lei.

Mentre corriamo, iniziamo a denudarci, lasciamo i vestiti sparsi lungo il sentiero.

Arrivati a riva, rimaniamo io in slip e lei in tanga. Ammiro il suo corpo: la sua linea piena di curve, la sua pelle abbronzata, il suo sedere così pieno e all'insù, i suoi fianchi incavati e un seno abbondante, così armonioso.

Mi prende la mano. Sudati e ansimanti entriamo in acqua, ci abbracciamo, riscopro il suo profumo.

Ebbro di lei comincio a baciarla, a leccarla. Prima il collo, poi man mano più in basso e lei, con movimenti decisi, si stringe a me così da sentire sempre più forte il mio desiderio crescere.

La prendo in braccio e la porto a riva, l'appoggio sull'erba e senza alcun preliminare entro dentro di lei come se avessi paura che tutto potesse finire troppo presto.

Io e lei senza alcun pudore, due corpi bagnati e caldi che si rotolano sull'erba, estasiati da un piacere animalesco.

Si ferma un secondo, apre gli occhi, mi guarda.

«Ti ho pensato spesso, sai. Mi sei mancato».

Senza aspettarsi alcuna risposta, mi sposta e si mette sopra di me. Un uragano, movimenti delicati ma decisi, sa come farmi impazzire.

IV
Leggero come non mai

Leggero come non mai, percorro la statale che mi porta a casa. Dopo una giornata incredibile i pensieri sono tutti lì, su di lei e sulla giornata di passione passata insieme.

Il mondo si è fermato in quegli istanti di piacere, di libertà. Non so cosa provo ora, sento troppe sensazioni, difficili da catalogare. Non so che stregoneria mi abbia fatto Giulia ma, grazie a lei, è scattato qualcosa in me, mi sento più forte e deciso a cambiare la mia vita, a rimettermi in gioco, a provarci di nuovo!

Mi eccita la sensazione che sia io l'artefice della mia rinascita e voglio finalmente godere di me stesso, delle mie decisioni.

Sta piovendo e pochi chilometri mi separano da Anna. Il rumore della pioggia sulla macchina si fa intenso, forte, mi piace e mi affascina tutta questa irruenza della natura, la paragono all'energia che sto sprigionando in questi giorni.

Intanto penso e cerco di trovare parole da dire ad Anna ora che torno a casa da lei. Chi se ne frega, non voglio pensarci e non ho intenzione di rovinare un momento così magico come quello che sto vivendo con Giulia.

È sabato, è quasi ora di cena. Entro in casa, tutte le luci sono spente, entro in cucina e poi in sala, poi in bagno: di Anna, nemmeno l'ombra.

Apro la porta della stanza da letto. È lì che si veste.

«Sei riuscito a ritornare, cazzo! Un giorno intero per riprenderti da una sbornia!» mi dice fissandomi dallo specchio della camera. «Scusa ma tu che ne sai?» rispondo pietrificato.

«Ho chiamato il tuo amico Luca e mi ha raccontato tutto.»

Ha un'aria tra il severo e lo stupito.

«Tutto cosa?» dico nella speranza che quel "tutto" non le fosse davvero stato raccontato.

«Che ieri alla cena ti sei ubriacato e hai dormito a casa di un amico, ma ora muoviti che oggi è il nostro anniversario, ricordi? Siamo già in ritardo!»

Sono frastornato, confuso.

«Aspetta, aspetta che ti devo parlare!»

Lei, come se le mie parole non avessero peso, continua imperterrita.

«Dai, parliamo al ristorante, ora non abbiamo tempo!»

Non mi prende in considerazione e, in un istante, la mia rabbia esplode, la collera mi acceca e urlo.

«Io ti lascio.»

Silenzio. Finisce di mettersi gli orecchini e in un attimo sembra aver preso coscienza delle mie parole. Si gira, mi guarda, si siede.

«Stai scherzando, spero.»

Sono serio, mai stato così convinto, lei sembra non capirlo.

«No, non sto scherzando, le cose tra di noi non vanno bene da tempo, stiamo portando avanti un'abitudine sempre più malata, non ti amo più. Fino a oggi non ho avuto il coraggio di ammetterlo a me stesso per paura di rovinare un equilibrio che mi ero costruito nella mia vita, un finto equilibrio. Il problema non sei tu, non hai colpe, come non ne ho io, quando un amore finisce, deve concludersi anche il rapporto!»

Mi aspetto urla, offese, oggetti che volano. Invece no, nulla di tutto questo. Si siede sul letto, abbassa la testa e comincia a piangere.

Rimango interdetto e intenerito dalla sua reazione, non me lo aspettavo. Mi avvicino, le accarezzo le guance togliendole dal viso quelle lacrime enormi che scendono giù come ruscelli.

Mi toglie la mano dal viso.

«Non voglio che tu mi compatisca, sentivo che qualcosa era cambiato ma credevo che la causa del tuo nervosismo fosse la tua insoddisfazione lavorativa. Per questo, di riflesso, ero sempre più fredda con te, perché non mi davi attenzioni, io ti amo».

«Mi dispiace, ti voglio bene ma non è un buon presupposto per continuare una storia.»

Anna sembra incredula.

«Provaci, almeno.»

«Ci ho provato per troppo tempo. Preferisco star solo e ricominciare da me.»

Con queste ultime parole credo di averla *uccisa*. Si avvicina all'armadio, prende due valigie grandi e comincia con tutta forza a scaraventarci i suoi vestiti e tutto quello le appartiene.

«Che fai?» chiedo.

«Non lo vedi? Tolgo il disturbo!» Ora è furiosa.

«Prenditi tutto il tempo che vuoi, la casa è mia ma puoi restare fin quando non troverai un'altra sistemazione».

«No! Con una persona che non mi vuole, non rimarrei un altro giorno! Lasciami sola, preparo le mie cose, il resto della roba passerò in un secondo momento a prenderla. Ora vattene.»

Mi caccia dalla camera, vado in salotto e accendo la radio per coprire il frastuono delle sue grida che mi inseguono per casa e nella testa, mi sdraio sul divano e mi addormento.

È già mattino. Se n'è andata nella notte: mi affaccio dalla finestra e il sole illumina un cielo azzurro senza nuvole.

Oggi è domenica, comincia la mia nuova vita! Mi stiracchio, sorrido e lancio un grido liberatorio con tutta la mia voce.

V
A dieci anni andai in colonia

A dieci anni andai in una colonia estiva. Dopo aver tartassato mia madre per molto tempo, riuscii a convincerla a iscrivermi. Convinto di fare chissà quale lunga gita, mi ritrovai a Santa Severa, in provincia di Roma, a pochi chilometri da casa.

A dirla tutta, non è proprio una grandissima località turistica. È conosciuta come località di mare a pochi chilometri dal trambusto della capitale.

Ricordo che l'impatto fu davvero squallido: l'edificio di accoglienza era un vecchio monastero in disuso ma comunque abitato da suore che offrivano servizi di accoglienza e, inoltre, pulivano le camere, o meglio, le camerate!

Era una stanza grandissima con i letti in fila dove stavamo tutti noi maschietti. La cosa che trovai un po' strana era che dovetti spogliarmi davanti a ragazzi molto più grandi di me. Avevano già folti peli pubici e un membro già in fase avanzata di sviluppo. Di certo, anche essendo molto aperto come tipo, mi trovai un po' a disagio.

Loro già parlavano di masturbazione, ragazze e preservativi. A quel tempo non sapevo a cosa servissero realmente i preservativi ma ne comprai un paio anch'io da mio cugino Marco, all'epoca tredicenne e già "boss" del gruppo.

Ricordo ancora che, appena li acquistai, chiamai mia madre e glielo confessai. Lei si mise a ridere e sentii che ne parlava con mia zia che era lì vicina al telefono. Rideva anche lei.

Al termine della telefonata, mia madre mi chiese del perché li avessi comprati affermando che ero ancora troppo piccolo per quelle cose.

In verità, mi rimase per molto tempo il dubbio sull'utilità di quella specie di palloncini lubrificati.

Di quei giorni, ricordo perfettamente la prima volta che provai l'emozione dell'angoscia.

In un ambiente del genere come quello delle camerate, speravo almeno nel beneficio della gioia che produce il mare, invece, una sabbia scura color catrame e un mare nero pece facevano da contorno alla nostra giornata.

Quel giorno pioveva e il grigiore intorno mi attanagliava. Mi sentivo solo, triste e malinconico. Quando ritornai in camera, non avevo voglia di parlare con nessuno, non mangiai e andai in cortile.

Chiamai i miei genitori. Piangevo, volevo tornare a casa dopo solo un giorno che ero lì. Mi mancava mia madre, la musica che ascoltava mentre stirava, quel senso di protezione che mi dava quando mi sentivo fragile, quando rimanevo impressionato da una cosa che vedevo in televisione o per la strada, quando cercavo conforto in un suo abbraccio, quando mi faceva sentire il suo ometto.

Al telefono la sentivo vicina, lei soffriva con me. Credo la uccidesse l'idea di lasciare il suo bambino in balia di pensieri negativi e della tristezza.

In quell'occasione, come in altre, seppe consigliarmi e capirmi. Le sue parole cambiarono radicalmente la mia permanenza in colonia.

«Aspetta domani, tesoro, guarda che uscirà il sole e ti divertirai moltissimo, poi sei in compagnia, sono sicura che tutto cambierà, ma se domani ancora vorrai tornare, verrò io a prenderti.» Continuai a piangere tutta la notte, fino a quando, stremato, mi addormentai.

Il giorno dopo c'era il sole, stavo bene, non avevo più bisogno di nulla, il mare mi sembrò molto più pulito di come lo avevo visto il giorno prima, ero entrato nel gruppo di amici e le attività degli animatori erano coinvolgenti e quella sensazione di solitudine angosciante era sparita insieme alla pioggia. Quella sera non chiamai a casa.

VI
Passata la domenica

Passata la domenica tra divano, frigorifero e letto, la mattina seguente chiamo in ufficio dicendo di star male. Non ho dato altre giustificazioni.

Esco e vado dal medico che, senza nemmeno guardarmi, esegue la mia volontà di avere cinque giorni di malattia. Dopo aver mandato il fax del certificato in ufficio, decido di tornare a casa. Oramai sono single e libero dal mio stupido lavoro.

Devo reinventare la mia vita! Da dove cominciare? Allora, cosa vorrei? Dove mi piacerebbe vivere? Cosa poter fare per sopravvivere?

Domande alle quali da piccolo rispondevo con la fantasia, col sogno, con i desideri.

Ricordo che a quattordici anni volevo fare il pilota di aeromobili da guerra. Stressai mia madre affinché potesse iscrivermi alla scuola di aeronautica a Napoli, l'avevo quasi convinta, poi per fortuna mi fece ragionare sul percorso che avrei dovuto compiere una volta entrato in quella scuola.

Bastò dirmi che, probabilmente, in classe avrei trovato solo maschietti. Cambiai idea immediatamente.

Ma tornando a oggi, a me, ragazzo di trent'anni, ho ancora desideri che, purtroppo, mi sembrano lontani. Sono diventati chimere.

Da piccoli si può scegliere la strada da percorrere: a trent'anni, invece, già molte tappe sono state vissute e tornare indietro sarebbe sbagliato.

Devo guardare avanti e prendere tutto il buono di me, le conoscenze acquisite, l'estro e la fantasia per fare della mia vita ciò che veramente voglio.

Penso, mi distraggo con un po' di TV, penso, apro un libro, leggo, preparo la cena, mangio, mi sdraio sul divano, e penso nuovamente.

Mi sono incartato nel mio pensare, bloccato, come quando sei a scuola e vuoi scrivere il tema e davanti hai solamente il foglio bianco che ti guarda. Sale l'ansia, quella da "foglio bianco", così si chiama. Io ho l'ansia da cervello vuoto.

A scuola avevo imparato a disegnare con la matita dei pupazzi su fogli bianchi per far sparire quella sensazione tremenda.

Ora che faccio? Non è facile gestire la mia libertà, quella di oggi, cosa ne faccio?

Ho paura di prendere una decisione. L'ansia è incalzante ma devo riempire il mio cervello, allora cerco d'istinto un diversivo, prendo il cellulare, l'avevo dimenticato da due giorni in bagno. Trovo due messaggi. Il primo, della mia ex.

«Ti ho pensato tutto il giorno, ci sto male, mi sembra di essere stata catapultata in un incubo, mi manchi.»

Il secondo di Giulia, risalente a mezzora prima.

«Carlo, come stai? Mi ha fatto piacere rivederti, se ti liberi dopo il lavoro, ci vediamo per due chiacchiere davanti a un aperitivo?»

Cancello il messaggio della mia ex e rispondo a Giulia.

«Va bene se ci vedessimo alle 19:00 al bar della piazza?»

Nel giro di pochi secondi arriva la risposta.

«Ok, a dopo.»

Come un adolescente, cammino senza meta per casa rileggendo il suo messaggio.

Cerco di decifrare le sue intenzioni. Fino a pochi istanti prima pensavo fosse finito tutto con la giornata a casa sua dove tutto sembrava irreale.

Mi siedo, sono confuso ma, infine, decido di accettare l'invito. Sono le 19:00 e sono da dieci minuti all'entrata del bar, aspetto Giulia con impazienza.

Gente di tutte le età si incontra, come rito quotidiano, per un aperitivo dopo il lavoro.

Dai loro sguardi percepisco la familiarità dei loro gesti, come se si conoscessero tutti mentre io mi guardo intorno spaesato e ansioso di rivederla. Ho sempre odiato l'attesa perché trovo difficile riconoscere le emozioni che provo.

L'attesa mi irrigidisce, attimo dopo attimo, fino al punto di volermene andare per uscire da quello stato di angosciante eccitazione.

Aspetto altri venti minuti e comincio ad andare avanti e indietro per ogni angolo delle strade che confluiscono nella piazza del bar, cercando di vedere in lontananza la sua figura. Nulla.

Di lei nemmeno l'ombra, nemmeno il profumo.

Allora entro nel bar, mi siedo davanti al bancone e ordino uno Spritz, oramai dopo mezzora ho perso la speranza di rivederla. Sorseggiando il mio aperitivo mi rilasso.

Forse l'idea che Giulia non si presenti, mi libera da quelle aspettative che mi si sono gonfiate in testa.

Potrei chiamarla, penso, ma perché forzare le cose? Se ne sarà dimenticata o avrà avuto cose più importanti da fare, perché disturbarla?

Non è mia abitudine fermarmi al bar per l'aperitivo, di solito non vedo l'ora di tornare a casa dopo il lavoro per sdraiarmi sul divano, per staccare, ma questi giorni non sto lavorando e non devo trovare un diversivo a una vita di coppia oramai noiosissima.

Libero e solo. Un senso di pace si sprigiona, ordino il secondo Spritz.

Sento vibrare il cellulare, lo tiro fuori dalla tasca, è lei.

«La smetti di bere da solo? Ti aspetto nel bagno delle donne.»

Mi guardo intorno come se fossi spiato da migliaia di telecamere. Ci metto qualche istante a entrare nell'ordine delle idee che Giulia mi sta traendo in trappola. Il gioco mi eccita! Sono la preda.

Bevo il secondo cocktail tutto di un fiato e vado verso le toilette, mi accerto di non essere visto, entro.

Accendo la luce e lei è davanti a me, con un largo cappello e dei grandi occhiali neri da vista: non l'avrei mai riconosciuta.

Si alza la gonna, si toglie le mutandine, si gira e mi dice: «Scopami!»

Nemmeno il tempo di togliermi i pantaloni, lo faccio uscire dalla lampo ed è già duro. Mi abbasso e gliela bagno un po'.

È calda e profumata. La scopo.

Io che cerco di non farla urlare tappandole la bocca, lei che mi morde la mano, dura pochi minuti.

Ci ritroviamo, alla fine, distrutti come due lottatori, vincenti sullo stesso ring.

Senza parlare si rimette gli occhiali e il cappello.

Esce dal bagno, si guarda intorno e, con un colpo alla porta, mi dà il via libera.

Senza nemmeno salutarmi la vedo che velocemente esce dal bar, allora accelero il passo per raggiungerla ma mi blocca il barista al bancone mostrandomi il conto.

Tiro fuori venti euro dalla tasca e non aspetto il resto, esco correndo, attraverso la piazza piena di gente che cammina, chiacchiera, si abbraccia.

Cerco così di prendere una via sperando sia quella che ha appena imboccato lei. Niente.

Prendo il telefono per chiamarla, mi fermo, mi siedo sulla scalinata della chiesa e decido di non chiamarla, sto al suo gioco.

VII
A diciannove anni decisi per la prima volta di scappare.

Presi quel poco che avevo e con Ale, un mio amico, decidemmo di cambiare vita, fare un'esperienza che ci sarebbe servita anche per il futuro: partire per Londra.

Ricordo ancora quando lo dissi a casa: i miei genitori non la presero molto bene. Dopo vari tentativi di farmi cambiare idea i miei cominciarono a ignorarmi.

Quando tornavo a casa, mia madre non mi faceva trovare pronta la cena, allora andavo in camera e, senza parlare, mi mettevo a letto. Mio padre non comunicava più con me.

Quando ci incontravamo, sia in casa sia per strada, nemmeno mi guardava negli occhi, non mi salutava. Vedevano questa scelta come un dispetto che facevo loro, come una mia voglia di disubbidire, come un torto cui non potevano farci nulla.

Sono state settimane dure. Non è stato facile continuare a tenere il punto della situazione non avendo il supporto della mia famiglia.

Ero solo contro chi mi aveva sempre difeso e leccato le ferite ma sapevo che stavo facendo la cosa migliore per me. Scappare alle volte è meno deleterio che forzarsi di rimanere.

A pochi giorni dalla mia partenza, mia madre si riavvicinò, mise da parte l'orgoglio e pensò al bene del figlio più piccolo, cioè io. Mio padre, invece, rimase della sua convinzione.

Ricordo la sensazione di vuoto che sentii il giorno prima della mia partenza parlando col mio amico, un'emozione mai provata di fragilità e insicurezza, paura.

Arrivati a Londra, tutto era diverso da quello che ero abituato a vedere nel mio quotidiano. Ero affascinato da tutto ma mi sentivo tanto piccolo.

I primi giorni furono davvero critici. Andammo in giro a cercare lavoro, portare il curriculum in tutti i ristoranti e bar della città. Dopo una settimana, non avevamo trovato ancora nulla e già avevamo speso più di mille euro a testa considerando l'affitto anticipato, la caparra, l'abbonamento della metro, il cibo, le spese varie.

Ci rimanevano le ultime cinquanta sterline e andammo in un'agenzia, la Anna Modus a Finsbury Park.

Il giorno seguente avevamo il lavoro.

Dopo un paio di prove come barman andate maluccio, fui preso in un ristorante italiano come cameriere.

Abitavamo in una casa con altre sette persone tra cui una mia ex compagna di liceo, Futura, fantastica ragazza con lunghi capelli biondi e ricci. L'appartamento era a due piani, completamente ricoperto da moquette.

C'era sempre puzza di polvere, di vecchio, e i riscaldamenti erano perennemente accesi. Io condividevo la mia stanza con Ale, più grande di me di sei anni, già all'epoca capelli brizzolati e mosca al mento.

Lui, come me, aveva bisogno di schiarirsi le idee. Dopo sette anni di fidanzamento era stato mollato per un altro uomo, cosa per lui inaccettabile, superbo com'era. Tuttavia, non ne moriva dentro. L'ho visto solo una volta piangere mentre guardava delle foto riposte in un piccolo album. Quella volta mi ero avvicinato e gli avevo chiesto se gli mancasse.

Ale mi aveva risposto stizzito.

«Lei chi? Ma per chi mi hai preso?» Mi aveva mostrato l'album. Erano le foto del suo cane, un fantastico rottweiler nero.

Ale sapeva fare tutto: cucinare, pulire, fare la spesa e la lavatrice, stirare. Era la persona cui cercavo di assomigliare per crescere. Io ero partito che non sapevo far nulla, nemmeno stirare due calzini.

Il primo giorno in cui entrammo in quella casa, Ale aveva già comprato della pasta, l'olio, i pelati e la cipolla.

Mi disse: «Mentre vado a mettere in ordine la camera, tu prepara la pasta col pomodoro.»

Pensavo fosse una cosa facile e andai in cucina. Tutti gli altri coinquilini erano lì che, serenamente, parlavano davanti la TV.

Misi l'acqua sul fornello, presi un'altra padella e andai ad aprire la scatola dei pelati ma mi accorsi subito che non aveva la linguetta. Presi l'apriscatole e cominciai ad aprire la lattina. Appena fissai l'arnese nel coperchio di latta, schizzò un getto di sugo che finì sulla mia faccia. In un primo momento i miei coinquilini cercarono di non guardarmi più di tanto per non farmi sentire a disagio ma, dopo lo schizzo in faccia, cominciarono a ridere e prendermi in giro.

Andrea, quarant'anni, pieno di tatuaggi, con fare rozzo e di poche parole, si alzò dal divano e mi venne incontro.

«Ragazzino, pulisciti e mettiti da una parte, lo preparo io il sugo, tu guarda e impara, ma da domani non voglio più vederti fare queste figure di merda!»

In casa c'era gente strana : attaccati alla nostra stanza c'erano Futura e il fidanzato , un ragazzo siciliano secco e sempre di cattivo umore , il quale aveva un problema : non riusciva a dormire se non con il phon acceso . Ne bruciava uno a settimana e , quando accadeva , si arrabbiava come una donna in preda alle mestruazioni . C'era poi "il biondo ", il tuttologo , lui conosceva tutto , dalle discoteche ai club privé, dai pub alle saune.

Che ridere il giorno in cui ci siamo fatti convincere ad andare in questi centri benessere dove lui diceva che si potevano trovare donne facili che aspettavano solo di essere trombate.

Entrammo, ed effettivamente l'atmosfera era da film porno. Saune piene di coppie che si baciavano, ma nessuna faceva sesso.

All'improvviso, dopo due ore che giravamo in lungo e in largo, "il biondo" vide una coppia chiudersi in uno stanzino.

Dal loro modo di ansimare, avevamo capito che stavano scopando.

Eccitato, andò ad aprire la porta per farsi vedere dalla coppia. Lo rifiutarono e noi lo lasciammo lì che si faceva una sega dietro la porta che lasciava intravedere qualcosa.

Piangevo, ogni volta che ero solo sull'autobus al ritorno dal lavoro, ogni volta che avevo il lunedì libero, ogni volta che chiudevo una conversazione al telefono con mio fratello, ogni notte prima di addormentarmi.

Non era stato facile uscire da quel guscio che mi aveva protetto sino a quel momento.

A Londra ero esposto alla velocità frenetica di una città con orari non flessibili, ero in balìa delle scie di aria, profumo e sudore delle persone che facevano parte di quel meccanismo di corsa serrata. Mi scontravo con la gente per le scale mobili senza alcun incontro di sguardi. Ero solo in mezzo a migliaia di persone di tutti colori e culture.

La svolta arrivò dopo circa un mese che ero lì. Il mio coinquilino Marcello volle portare me e Ale in un disco pub. Non ero molto convinto di andare, mi piaceva stare tranquillo in camera con la mia chitarra a coltivare un po' di malinconia, ma quella sera mi feci convincere e uscimmo. Fu una serata memorabile.

Fu bello vedere Londra di notte e come cambiava la gente nel fine settimana davanti a una birra, davanti alla voglia di evadere e divertirsi fino all'eccesso.

Eccessivi erano anche i vestiti delle ragazze: gonne cortissime e maglie estive con un freddo invernale pungente, oltretutto senza calze. L'alcool le aiutava a riscaldare quei corpicini bianchi e quelle anime stanche dopo una dura settimana di stress lavorativo.

Dopo quel venerdì, tutte le sere dopo il lavoro andavo a ballare da qualche parte, facevo coppia fissa con Dario, mio amico e collega, allegro ed esuberante palermitano, magro come un chiodo e amante delle droghe ma onestissimo ed educato nei modi.

Con lui era una favola uscire, sempre sorridente, sempre positivo, il compagno ideale per il divertimento e la spensieratezza.

Quando mi vedeva un po' triste o un po' pensieroso, faceva il pagliaccio per farmi ridere, poi mi diceva: «Allora, credi che senza il sorriso risolvi qualcosa?»

Io scoppiavo a ridere e lui mi abbracciava. Ci volevamo bene, ci vedevamo tutti i giorni al lavoro e tutte le sere uscivamo.

Tutte le sere tranne il mercoledì perché era il suo giorno "off". Il giorno libero percepiva lo stipendio della settimana, andava a Camden Town e si allucinava così tanto che rimaneva a casa tutta la giornata.

A Londra si è liberi di essere ciò che si vuole. Puoi vestirti come vuoi, puoi pensare quello che ti pare, puoi essere gay, trans o bisex.

Era molto frequente vedere due persone dello stesso sesso scambiarsi effusioni amorose in mezzo alla strada. Marcello diceva che una statistica affermava che esistevano lo stesso numero di gay e di etero.

Non so quanto c'era di vero nelle sue parole ma, qualche giorno dopo, non mi stupivo più nel vedere due uomini baciarsi. Anzi, mi aveva fatto capire che anch'io avrei potuto provare ad avvicinarmi al mio stesso sesso senza sentirmi per questo giudicato o emarginato.

Così, una volta, decisi di andare con il mio amico siciliano all'Heaven, locale gay della movida londinese.

La serata era "gay" ma nel club c'era anche una buona percentuale di etero.

Quattro piani di musica di generi diversi. Sala trance, disco, revival e rock: tutta musica estremamente bella!

Ero lì, libero di decidere, libero di scegliere il compagno o la compagna della serata, magari solo per amicizia, ma sentivo l'esigenza di mettermi alla prova senza tabù.

Pochi minuti dopo ero già a sbavare dietro a una super modella asiatica. No, mi piacciono le donne e tanto!

VIII
Tra una botta che prendo e una botta che do

"Tra una botta che prendo e una botta che do, tra un amico che perdo e un amico che avrò", così recita la canzone dei Negrita che la radio per cui lavoro sta trasmettendo proprio ora.

La ascolto quasi dormiente ma mi scatta qualcosa.

Per riprendermi la mia vita devo ricominciare a relazionarmi col mondo, conoscere nuove situazioni, nuove persone, fare nuove amicizie, per capire quale via percorrere.

Restare fermo a casa non mi avrebbe portato a nulla, mi avrebbe reso solo più insoddisfatto.

Dopo le delusioni causate dalla musica in età adolescenziale, decisi comunque di non mollare. Era una passione e decisi di voler restare nell'ambiente e diventare un critico musicale puntando alla carriera come speaker in radio.

Dopo aver passato cinque anni a Bologna, mi laureai al DAMS. L'ambiente era stupendo ed era pieno di tanti giovani come me che vivevano di arte, ogni sera c'era qualche festa, chi suonava, chi cantava, chi metteva dischi, chi "speakerava".

Molti sapevano ballare e creare coreografie innovative. Era come una grande comune, ragazzi pieni creatività, quasi fuori dal mondo, quasi autoesclusi da una società razionale e basata su regole che non avevano niente a che vedere con la libertà di espressione artistica.

Questa società giudica ed etichetta l'artista come qualcuno che non sa e non vuole lavorare, come un fannullone con idee strampalate, uno strano individuo non capace di badare a se stesso e incapace di prendersi responsabilità professionali.

Alcune persone hanno addirittura una pseudo fobia nei confronti dell'artista e della sua libertà ed elasticità mentale.

Una volta, a un aperitivo in un bar molto chic di Bologna, incontrai un avvocato amico della mia ragazza di allora. Saranno stati i miei capelli lunghi, i miei vestiti larghi, il mio piercing sul labbro, non saprei.

Mi chiese cosa volessi fare da grande. Gli risposi che volevo continuare la mia strada da artista.

Non esitò un istante a sottolineare che, senza un lavoro fisso, non sarei riuscito né a pagare le bollette né a mantenere la mia famiglia.

«Sai bene che sarà estremamente difficile, anzi diciamo quasi impossibile, che tu possa diventare famoso!»

Vedendo il tipo, mi aspettavo quelle parole.

«Non bisogna essere famosi per svolgere un'attività creativa ed essere remunerati»

Lui, cinico: «Ne riparleremo.»

Gli sorrisi e lo vidi andare via dal bar. A distanza di anni ancora ricordo quella conversazione. Fu come se con le sue parole mi avessero sfidato invitandomi a cambiare idea scegliendo strade più rassicuranti invece di campare di illusioni e di arte.

A Bologna, in quegli anni, ero un tipo abbastanza influente, organizzavo feste, convegni, ero stato eletto come rappresentante d'istituto già al mio secondo anno universitario.

Iniziai a lavorare per una Web Radio creata da noi studenti che, in pochi mesi, ebbe in successo impressionante, tanto da destare interesse anche nell'ambiente professionale delle radio.

Eravamo al passo con i tempi, mandavamo musica appena sfornata, gruppi emergenti da tutto il mondo, organizzavamo interviste impossibili come quella agli Oasis.

Ci studiammo tutti i movimenti della band. Ricordo che avrebbero dovuto fare un concerto a Bologna la domenica stessa ma giravano voci che già il sabato fossero in città. Siccome non eravamo nessuno, nessuno ci conosceva e non potevamo avere i biglietti e i pass per le quinte del concerto, li aspettammo in aeroporto dal venerdì.

Loro arrivarono con un volo privato venerdì notte alle 2:00. Nessun fan ad aspettarli. Tutti si erano dati appuntamento per incontrarsi il giorno dopo, ignari di qualsiasi cambio di programma.

Gli Oasis uscirono dalla porta degli arrivi, erano scortati da quattro energumeni e noi non sapevamo come intervenire, così decidemmo di seguirli e capire dove avrebbero passato la notte. La macchina super lusso sulla quale viaggiavano si fermò davanti all'entrata di un hotel penta stellato.

Uscirono dalla macchina e andarono in camera. Noi aspettammo che la hall fosse libera per entrare.

Io e il mio collega, Sandro, chiedemmo il costo di una camera. Trecento euro per una notte, noi al massimo arrivavamo a novanta euro. Trecento euro erano davvero troppi soldi. Sconsolati, ci fermammo a prendere una birra al bar della hall. Mentre eravamo lì al bancone vedemmo arrivare Noel Gallagher che col suo camminare alla "paura e delirio a Las Vegas".

Ci raggiunse, chiese un whisky, ci guardò un po' schifato. Eravamo scioccati: il Dio del brit pop era davanti a noi!

Presi coraggio e gli chiesi se volesse unirsi a noi, se fosse annoiato. Gli dissi che potevamo andare in un locale fuori città, una specie di mega discoteca dove facevano musica tribal-elektro house. Lui mi guardò.

In quell'istante mi aspettavo un diretto "vaffanculo", invece mi sorrise facendomi capire che era interessato e chiamò immediatamente il suo autista.

Dopo due minuti salimmo in macchina con lui. Eravamo super eccitati. Dall'hotel alla discoteca il percorso era di circa trenta minuti. C'era tempo, presi il mio registratore, lo accesi, lo misi tra le gambe e cominciai a fargli domande sull'ultimo album e sui rapporti che, a dir della stampa, erano pessimi con gli altri elementi della band.

Noel parlava a ruota libera, senza nessun freno, forse già accecato da alcool e droghe assunte poco prima. Diceva cose molto forti: odiava il fratello, lo reputava un cantante scarso, una persona viscida.

L'ultimo album era un misto di ballate per far contenti i fan dopo i tre anni di stop che li avevano visti fuori dalle scene musicali. Si lasciò andare alla pura verità, a tutto quello che le persone del settore già sapevano ma che nessuno aveva mai sentito con le proprie orecchie e soprattutto registrato!

La serata finì lì, all'uscita dalla macchina non lo vedemmo più perché scomparve tra la gente con il suo autista-bodyguard.

Il giorno seguente mandai in onda l'intervista. Fu una bomba, tutti i network nel giro di poche ore ne parlavano e fummo letteralmente sommersi da telefonate da tutto il mondo!

Dopo quelle ore di estrema eccitazione, la mia faccia finì su tutti il social network, esplose la mia popolarità, addirittura una troupe del Tg5 ci intervistò.

Ero diventato famoso in pochi istanti. Per cosi poco?

Dopo una settimana mi arrivò una chiamata da Verri, direttore artistico dell'emittente radio regionale BoRadio, che mi propose un contratto da professionista con uno stipendio decente che mi avrebbe permesso di pagarmi gli studi, l'affitto e il divertimento senza dover chiedere più un centesimo ai miei genitori e senza soprattutto dover andare a suonare in feste di compleanni o feste di paese.

Accettai. Mi ambientai subito al nuovo ambiente di lavoro. Conducevo un programma serale, un programma giovanile, frizzante. Nei due anni successivi finii l'università e mi arrivò una proposta, quella della vita. Mi cercava un'emittente radio nazionale di Roma, la mia città. Tornai a casa e andai fare il colloquio con Radio Capitale.

Mi accolsero subito sguardi diffidenti e soprattutto indifferenti. La segretaria mi portò da Ursetti, direttore artistico e famoso conduttore radiotelevisivo, il quale mi parlò subito chiaramente spiegandomi che avrei dovuto fare po' di gavetta nel redazionale prima di poter approdare alla conduzione di un programma, dovevo farmi le ossa per reggere l'onda d'urto di milioni di radioascoltatori. Almeno la paga era molto buona.

Sono cinque anni che faccio redazione e non ho avuto una benché minima opportunità di conduzione o co-conduzione di qualche spezzone di programma.

All'inizio ne soffrivo perché mi sentivo in grado di stare davanti a un microfono e parlare a milioni di persone, avevo fatto la mia gavetta, avevo avuto riconoscimenti. Ero considerato molto a Bologna, qui invece ero offuscato da giovani che avevano grandissima popolarità su internet oppure da persone partecipanti a 'talent show' o da ex stelle della conduzione televisiva. Cominciai a credere che forse non ero quel talento che immaginavo, quell'artista pieno di sogni, ideali e capacità. Quell'avvocato incontrato in quel bar di Bologna, pensai, in fondo aveva ragione.

Mi dovevo accontentare di avere un ruolo, benché marginale, ma che mi permettesse di pagare bollette, affitto, macchina e affrontare le spese di un eventuale matrimonio e successiva famiglia.

IX
Vorrei chiamare Giulia

Vorrei chiamare Giulia.

Sono due giorni che non la sento, da quella specie di aperitivo non ho ricevuto più sue notizie. Scorro la rubrica del cellulare ed eccola, "Giulia-Liceo". Chiamo.

Il suo telefono è libero, squilla ma non risponde. Non mi vuole rispondere, penso nervoso. Invece, dopo qualche secondo, mi arriva un suo SMS.

«Vieni a casa mia dopo cena, ho organizzato un piccolo party con un po' di amici, mi farebbe piacere che venissi!»

Replico immediatamente: «Fa piacere anche a me, a dopo.» Vorrei star solo con lei, parlare e soprattutto capire questa attrazione improvvisa, questa ritrovata intesa sessuale e passionale, sono dentro al suo gioco e mi incuriosisce.

In questo momento ho bisogno di situazioni meno eteree, non voglio altra confusione nella mia mente, ho bisogno di ritrovare l'energia necessaria per ripartire.

So benissimo che sarà difficile passare del tempo con lei, ma ho l'occasione di conoscere gente nuova e questo, dopo molti anni, mi eccita.

Arrivo a casa sua per le 22:00.

Fuori dal cancello ci sono già moltissime macchine parcheggiate, si sente una musica lounge bella pompata.

La sua è una villa stupenda e, nel vederla ora, da sobrio, tutta illuminata a festa, rimango davvero stupito. Prendo il cellulare e la chiamo per farmi aprire.

Entro, parcheggio e la vedo che mi viene incontro per salutarmi. Con lei ci sono due sue amiche: stupende, due modelle altissime e bionde.

Non fa passare un secondo, mi guarda, mi bacia sulle labbra e mi fa segno di seguirla. Arrivati alla piscina, prende il mio braccio e mi guida in giro per farmi conoscere gli invitati.

C'è davvero tanta gente, tutti vestiti bene, riconosco alcuni personaggi pubblici e dello spettacolo.

È tutto così spettacolare: c'è un bancone con un barman che fa cocktail, il dj, un impianto audio-luci da brividi, delle ballerine di colore che ballano su delle piattaforme in marmo situate agli angoli della piscina.

Io sono quello vestito più casual, seppur bene, tanto nessuno mi presta molta attenzione, tutti sono presi dal bere, dal ballare e dal provarci con le stupende ragazze che si muovono intorno.

Il loro corpo sinuoso è fonte di attrazione per molti. Non ho mai visto così tante belle ragazze in vita mia.

Dopo avermi presentato alle personalità di spicco, tra cui politici, avvocati, attori e calciatori, si volta verso di me guardandomi con aria scrutatrice.

«Cos'hai? Sei rimasto in silenzio tutto il tempo.»

In effetti sono stupito, forse spaesato.

«Scusami, ma non mi aspettavo tutto questo, sono un po' frastornato. Come fai a conoscere tanta gente? A possedere una casa del genere? A permetterti tutto questo?»

Intanto, si avvicina un tizio con la barba che saluta Giulia molto calorosamente. Lei mi guarda e mi chiede di aspettare qualche minuto, dice di avere una cosa importante di cui parlare con "l'onorevole".

Mentre si allontana con il tizio, decido di andare al bancone del bar per prendere un cocktail, secco e forte, mi aiuterà di sicuro a rompere il ghiaccio in quest'ambiente.

Qualcuno bussa alla mia spalla, mi volto. È il mio amico ed ex collega di Bologna, Sandro.

Mentre lo guardo, mi rendo conto che faccio fatica a riconoscerlo perché indossa un paio di occhiali da vista a goccia e non aveva più i rasta di un tempo.

«Grande Carlo, come stai? Sono anni che non ci si vede! Ho perso le tue tracce da quando ti sei laureato e hai lasciato BoRadio. Che gran lavoro che facesti lì! Insomma, per quale emittente lavori?»

«Cazzo, quanto tempo, Sandro, quanto sei invecchiato! Lavoro a Radio Capitale, ora».

Con un'espressione interrogativa, esita qualche istante.

«Ma io la seguo, non ho mai saputo di una tua conduzione di programma.» La sua osservazione mi provoca tensione.

«Caro mio, sono cinque fottutissimi anni che mi faccio redazionale, dopo molte promesse ho smesso di illudermi e mi sono accontentato almeno dello stipendio.»

Lui insiste.

«Ma come, cazzo, tu hai stoffa da vendere, come è possibile? Certo che questi coglioni di RadioCapitale non capiscono una minchia. Allora, parliamo seriamente, ti farebbe piacere tornare a lavorare con me?»

Sono stupito dalla sua proposta.

«Beh detta così mi fai tornare indietro di dieci anni. Dove lavori?»

«Lavoro per RadioStyle.»

«Ma quella di cui si sente tanto parlare e che sta crescendo su tutto il territorio italiano?»

«Sì, proprio lei, è una realtà fresca e il direttore ha tanti soldi da investire, proprio ieri si parlava di un far entrare nel team un conduttore nuovo, cerchiamo una persona di grande impatto mediatico e con idee nuove.»

«Beh, mio caro Sandro, certo che sono interessato, occasione incredibile, ti lascio il mio numero, fammi avere notizie per un eventuale colloquio col direttore artistico.»

«Sciocco, sono io il direttore artistico!»

«Oh mio Dio, allora…»

«Allora domani alle 10:00 vieni in sede, in Via Rigoli 10, e parliamo di tutto.»

«Ok amico mio, a domani.»

«Scusami, ma ora devo lavorare.»

Mi fa segno con la mano verso una ragazza che lo sta aspettando, la saluto da lontano, abbraccio lui e torno a cercare Giulia.

Sono veramente esaltato dalla notizia, comincio a vedere una nuova luce che m'infiamma l'anima: mettermi di nuovo in gioco sarà bello.

So che non sarà facile, ci sarebbero state delle prove ardue da superare, ma qualcosa stava finalmente girando nel verso giusto.

Giulia non si vede, prendo un altro cocktail e mi siedo su un divano.

Inizio ad annoiarmi, sono solo e perso nei miei pensieri. Finalmente vedo arrivare Giulia, si è cambiata di abito, prende la mia mano e mi porta verso l'ingresso di casa.

«Ti stai divertendo?»

«Molto, ho ritrovato un amico, un ex collega della radio dove lavoravo a Bologna. Mi ha dato grandi notizie e...»

Non mi fa neanche finire di parlare, mi spinge facendomi oltrepassare la soglia della sala, non c'è nessuno che ci vede.

Chiude la porta, mi bacia, poi si abbassa, mi slaccia i pantaloni e lo prende in bocca.

Ricomincia il gioco, io ci sto.

Le domande che avevo in testa di colpo si dissolvono, lei mi eccita, mi fanno uscire di senno le situazioni inaspettate che crea, quasi animalesche.

Appena mi sfiora, mi trasmette un flusso di sensazioni carnali, difficili da bloccare e da capire.

Sento le voci della gente provenire dall'altro lato della casa, la musica che batte attraverso ritmi tribali, la sua bocca calda e migliaia di brividi che scorrono la superficie del mio corpo, la guardo mentre delicatamente cerca di darmi piacere.

Si ferma, alza la testa e mi guarda.

«Vienimi in bocca, voglio sentire il tuo liquido scendere dentro di me, il tuo calore, la tua linfa. Ho voglia di essere il tuo desiderio più coinvolgente, la tua schiava, la tua padrona, voglio vederti godere.»

Ricomincia a farmi godere con un ritmo sempre più incalzante, arrivo in poco tempo all'apice del piacere.

Un orgasmo assurdo. Un primo schizzo cola sulla sua lingua, subito riprende il mio cazzo completamente in bocca soffocando il getto bollente del mio sperma.

Continua a succhiarlo anche dopo che sono venuto. Quel misto di dolore e piacere da pelle d'oca.

Non riesco più a sopportare quella estrema sensibilità del glande, tolgo la sua testa di forza, lei si alza, mi guarda, apre la bocca piena di sperma e ingoia.

Spalanca la porta ed esce, senza parlare, senza dirmi nulla e mi lascia lì con i pantaloni abbassati, accaldato e visibilmente scosso.

Prendo coscienza dopo qualche secondo e mi rivesto, mi ricompongo. Cerco un bagno per rinfrescarmi.

La casa è molto grande, non riesco a ricordare dove sia il bagno, sono ancora frastornato da quello che è appena successo. Accendo le luci e vedo una scala che porta al secondo piano, immagino che sopra avrà di sicuro un mega bagno personale. Salgo e la prima porta che incontro è l'unica rossa della casa, apro quasi sicuro di trovare i servizi, accendo l'interruttore.

Non posso credere ai miei occhi. Fari di colore rosso e bianco soffusi, tre telecamere che puntano su un letto a baldacchino con teli orientaleggianti, attaccati sul muro numerosi articoli da sexy shop, strumenti di tortura, fruste, peni di tutte le dimensioni, poi altri oggetti sadomaso dalle forme più strane e utili a cose da me fino a oggi ignorate.

Esco sconvolto dalla stanza, scendo quasi di corsa le scale, mi dimentico che sto cercando il bagno, voglio solo andar via da questo posto di merda.

Torno in piscina, non c'è quasi più nessuno.

Vedo Giulia che parla con un tipo anziano, mi avvicino e la ringrazio della serata.

La saluto freddamente. Prendo la macchina e, in poco tempo, sono già a casa.

X
9:30

Ore 9:30. Sono sotto la sede di Radio Style, mi sono mosso da casa un'ora prima per paura di trovare traffico e non arrivare puntuale.

Parcheggio e faccio un giro per perder qualche minuto e togliermi la tensione di dosso. Il palazzo è nella zona Prati di Roma, ambiente signorile, un quartiere molto interessante, tranquillo e con moltissimi uffici.

La strada è piena di negozi, bar e ristoranti, è una parallela di via Cola di Rienzo, a pochi passi da piazza del Popolo.

Citofono, mi risponde una ragazza, le dico che ho un appuntamento con Sandro Pasquetti.

Mi apre il portone e mi fa salire fino al terzo piano. All'entrata trovo Sandro ad aspettarmi, mi accoglie con un gran sorriso.

«Vecchio mio, che piacere.»

Ci abbracciamo. Mi fa fare un giro di tutti gli uffici, degli studi, mi fa conoscere tutto il personale - difficilmente ricorderò tutti i nomi -, fino a portarmi davanti alla porta della direzione. Bussa, la segretaria ci fa entrare.

«Aspettate un minuto in questa sala d'aspetto, il dottore tra poco si libera e vi farà entrare.»

«Grazie, Eleonora» risponde con un sorriso Sandro.

Ci sediamo. Sandro percepisce che sono teso.

«Allora caro, ho già parlato di te con il direttore questa mattina, prima del tuo arrivo. Gli ho fatto vedere dei vecchi articoli su di te, hai fatto veramente un grande effetto su di lui, poi sai, io non posso far altro che spingere per averti qui. Non solo per la nostra amicizia, ma credo davvero in una tua esplosione.»

«Grazie, Sandro, sei stato davvero gentilissimo a propormi questa opportunità, sono un po' arrugginito: penso che se ti aspetti il Carlo di dieci anni fa, potresti rimanere deluso.»

«Una persona non può cambiare così, credo in te, credo a quello che puoi dare a questa radio emergente, ci sono grandi prospettive. Prendi il treno senza troppe paranoie. Se ci saranno delle difficoltà, potremo dire di averci provato!»

La porta del direttore si apre. Esce un ragazzo sui trentacinque anni, vestito sportivo e fisico palestrato. Ci fa segno di entrare. L'ufficio è in realtà una piccola sala riunioni con un tavolo al centro, in vetro, sedie bianche e vetrate da dove si scorge una meravigliosa vista sulla cupola di S. Pietro.

«Buongiorno, direttore.» Ci stringiamo la mano calorosamente.

«Dammi del tu, siamo giovani, chiamami Vittorio, odio questi appellativi.» Sorride e ci invita a sedere.

«Carlo, ho sentito parlare molto bene di te, Sandro ti avrà accennato che cerchiamo una figura che dia brio, che abbia idee innovative, promozionali, e che ci facciano crescere rapidamente. Sto spendendo molti soldi e soprattutto sto credendo in questo progetto. Abbiamo fatto molta strada in due anni, ora ci serve una svolta. Non so se riesci a capirmi: ho risentito l'intervista che molti anni fa facesti a Noel Gallagher per la radio dove lavoravi. Cerchiamo esattamente quello spirito, lo spirito di far parlare di noi, perché siamo i migliori, i più freschi!»

Interviene Sandro.

«Se permetti, Vittorio, posso anche già accennare ai futuri progetti della radio.»

«No, procediamo con calma. Carlo, sei interessato al progetto? Ti senti in grado di affrontare le responsabilità che vogliamo porre su di te?»

«Sono molto interessato e sono lusingato di una possibile collaborazione, ma è da cinque anni che sono fermo. Avrei bisogno di un po' di tempo per ripartire.»

«Beh, noi stiamo puntando su di te, per noi è un rischio, ma quello che ti propongo ora potrebbe esserlo anche per te.»

«Di che tipi di rischi parli?»

Vittorio si alza dalla sedia.

«Ti propongo un contratto di tre mesi alla fine dei quali, se avrai soddisfatto le nostre aspettative, si prolungherà per altri cinque anni.»

«Quindi il mio - e il vostro – rischio, è basato sul mio possibile fallimento?»

«Esatto, proprio così!»

A quel punto Vittorio mi parla della parte economica: per i tre mesi di prova mi offrono lo stesso stipendio di Radio Capitale. Dopo i tre mesi, ci sarà stato un aumento del trenta per cento.

Mi rendo conto che non sto più ascoltando i loro discorsi, i soldi in quel momento non mi interessano proprio. Mi alzo di scatto.

«Accetto.»

Vittorio sorride.

«Bene, ho bisogno di questo, determinazione e coraggio. Rimaniamo che ci dai informazioni per quando ti liberi con il tuo ormai ex lavoro, intanto ti faccio firmare un contratto preliminare che dà a te e a me la sicurezza scritta di un nostro accordo.»

«Bene.» Sorrido, gli stringo la mano, Sandro mi pone il foglio, lo leggo e firmo.

XI
Quando ero studente

D'estate, quando ero studente, non potevo permettermi grandi vacanze. Di solito, con gli amici si andava qualche volta nei pressi della riviera romagnola nel fine settimana per ballare.

Il mare, però, lo vedevamo solo la mattina per andarci a dormire. Quei tre giorni diventavano delle odissee, il venerdì si arrivava e si andava direttamente a ballare fino alle 6:00 di mattina. Poi andavamo in spiaggia, prendevamo gli asciugamani e dormivamo poche ore perché, non appena il sole cocente picchiava, dovevamo per forza sloggiare e cercare riparo. Solitamente ci davamo una rinfrescata nelle docce pubbliche. Eravamo attrezzati, portavamo con noi anche lo shampoo, severamente vietato, ma non ci importava.

Dopo la doccia ripartivamo, freschi e pronti per un'altra giornata di divertimento.

A pensarci adesso, non saprei davvero se potrei ancora reggere la stanchezza che accumulavamo in quei tre giorni, il caldo e soprattutto all'alcool e droghe – leggere - che eravamo abituati ad assumere.

Un anno, però, trovai un modo intelligente per farmi una bella vacanza.

Fare quello che amavo ed esser pagato: l'animatore.

Feci un colloquio con un mio amico per un'agenzia di animazione. In realtà, ero andato per accompagnare lui che cercava un impiego per l'estate in attesa della risposta per entrare in polizia.

Compilammo dei moduli, parlammo delle nostre esperienze e ci salutarono dicendo che si sarebbero fatti vivi.

Dopo due giorni, mi chiamarono. Ero appena uscito da un altro colloquio per un posto di barman a Milano Marittima.

Al telefono l'agenzia mi chiese se fossi disponibile a partire entro le quarantotto ore: destinazione Egitto-Hurghada.

Il tempo di firmare il contratto, fare la valigia e organizzare una grande festa con gli amici e sarei partito per lavorare in una mega struttura egiziana, uno dei villaggi più grandi del mondo. Informandomi su internet capii che il posto era incantevole, le foto erano spettacolari: piscine, spiaggia, discoteca, ristoranti. Avevo accettato a scatola chiusa, ma quello che mi aspettava era più di quello che mi immaginavo.

Arrivai a Hurghada la sera per le 19:00. Stanco per il viaggio, mi presentai ai miei colleghi: Max, il capo animatore, ragazzo sui trentacinque anni, fiorentino; Andrea, mio concittadino subito molto aperto e spontaneo; Luca, a una prima impressione un po' strano.

Lui, diversamente dagli altri, non era molto interessato a conoscermi; infine si presentò Gemma, l'unica donna del gruppo, la più felice nel vedermi, ricordo ancora il suo sorriso appena uscito dall'autobus.

Entrando alla reception, mi resi subito conto di quello che mi stava aspettando: due splendide bionde mi guardavano e sorridevano.

Rimasi a bocca aperta e Andrea, indicando le due ragazze, mi fece capire quello che ancora non immaginavo.

«Questo è niente, più tardi vedrai quante russe verranno a vedere il nostro spettacolo, aspettano che finiamo per stare con noi!»

Poi si avvicinò al mio orecchio.

«Frate', qui è il paradiso!»

Condividevo la stanza proprio con lui. Gli alloggi non erano proprio confortevoli, almeno c'era il condizionatore, una svolta. Infatti, l'unico problema di quel posto era la temperatura, insopportabile anche di notte.

Il primo giorno, dopo cena, i colleghi mi accompagnarono al teatro. Flotte di stupende donne camminavano per tutto il resort. Intanto, sentivo la musica che da lontano si faceva sempre più forte. Era Luca alla consolle che metteva un po' di disco per riscaldare la serata.

Cominciò lo spettacolo, il cabaret, io ovviamente non partecipavo ancora ma ero dietro le quinte a dare una mano.

A ogni chiusura di sketch partiva la musica e si spegnevano le luci.

I ragazzi erano visibilmente nervosi, erano tutti alla prima vera esperienza in un villaggio.

Max, il capo animatore, grandissimo cabarettista, era quello più in tensione: aveva paura di fare brutte figure.

Gli sketch si susseguivano e, ogni volta che i ragazzi rientravano dietro le quinte, lui capiva che la serata stava andando male.

Era furioso. Durante un passaggio concitato mi urlò di accendere le luci, io non sapevo nemmeno dove erano situati gli interruttori e vagai per le quinte senza successo. Lui venne correndo e lo fece al posto mio.

«Ma chi cazzo me lo ha mandato questo, nemmeno ad accendere le luci è capace, cazzo!»

Incassai e rimasi in silenzio.

Mi offese gratuitamente dandomi, in pratica, dello stupido. Quando lo spettacolo finì erano tutti più rilassati, Luca mise musica e balli di gruppo fino a mezzanotte.

Dopo ci spostammo in discoteca, situata su una meravigliosa isoletta e raggiungibile da una passerella sul mare. Mi accorsi che quello che mi aveva detto Andrea era realtà.

Presi da bere, una ragazza si mise seduta accanto a me, mi guardò, sorridendomi.

Lavinia, russa, ventiquattro anni, mora con occhi verdi, fisico incredibile, era lì per me, per farsi rimorchiare. Dopo una conversazione di pochi minuti ci stavamo già baciando.

Andrea vide la scena.

«Carlo, è vietato farsi vedere con le clienti, rischiamo di esser cacciati, ci sono delle rigide regole perché è un villaggio mussulmano.»

Lo ringraziai della dritta. Non mi sembrava vero di avere tra le mani una figa così. Cercai un posto per imboscarmi con Lavinia. Il resort era sorvegliato 24h su 24da guardiani e cercai di capire dove poterci nascondere.

Mi venne in mente che le quinte del teatro potevano essere il posto più discreto e ideale per entrare in intimità con la calda ragazza russa.

Era buio, lei si abbassò cominciando con i preliminari. Mentre me lo succhiava, ero completamente estasiato dalla situazione. Ero appena arrivato in un mega posto da favola, un mare da paura, discoteca, piscine, tanti ragazzi e questa russa che mi faceva godere.

Mentre assaporavo il magico momento, vidi entrare una guardia che, senza parlare, si mise a guardare la scena posizionandosi dietro la ragazza.

Lei ovviamente non poteva vederlo, mentre io sì e, con la faccia incazzata, gli feci segno di andare via.

Lui cominciò a urlare in inglese, intimando di farmi cacciare via dal villaggio.

Lavinia ebbe uno spavento enorme, si aggrappò a me, tremante. Non capivo cosa volesse in verità questa guardia di merda.

Prese Lavinia per un braccio dicendomi che se lei gli avesse fatto un pompino, non avrebbe detto nulla al direttore.

Lei cominciò a piangere, era visibilmente scossa da questa violenza. Dopo qualche secondo di panico, presi per il collo il guardiano e lo spinsi a tre metri di distanza.

A quel punto, io e la povera russa potemmo uscire correndo e scappare via. Ovviamente la guardia non disse nulla al direttore poiché avrebbe rischiato anche lui il suo lavoro. Sarebbe bastato che Lavinia avesse parlato della violenza e del ricatto subiti.

Io lo odiavo, mi aveva fatto perdere l'occasione di scopare con una che a Bologna mi sarei sognato solo di sfiorare.

Non ero stato certo prudente. Alla prima riunione dello staff, Max mi comunicò le regole del villaggio, già in parte riferite da Andrea la sera prima.

Il suo modo di fare mi sembrò arrogante, come se avesse a che fare con bambini stupidi; così, quando potei prendere la parola, gli dissi: «Non mi conosci e giustamente non sai come lavoro, è la mia prima esperienza, capisco che ieri sera eri nervoso per via dello spettacolo, ma non vorrei mai essere più trattato con quelle parole e appellativi gratuiti, in fondo ero lì da pochi minuti, e non sapevo nemmeno dove fosse l'interruttore.»

Lui non si aspettava una risposta simile, non sapeva che dire, ammise di aver sbagliato e mi strinse la mano.

Finita la riunione, Max uscì dalla stanza, ero diventato l'eroe del gruppo, i ragazzi mi fecero complimenti per come mi ero fatto valere.

Andrea mi spiegò che, in animazione, c'erano dei rapporti di nonnismo e che nessuno fino a quel momento si era permesso di rispondere con tanta determinazione a un superiore, ma mi disse anche che Max era una gran persona, poteva sbagliare qualche volta nel porsi, ma era vero, sincero e soprattutto leale.

Da lì a poco, presi sempre più confidenza con Max, lui capì il mio valore sul lavoro e soprattutto sul palco.

Prima di quell'estate, avevo avuto esperienze con compagnie d'improvvisazione, avevo studiato recitazione durante gli anni del liceo, ma con lui si formò un'alchimia straordinaria, dopo pochi giorni si era creata una sintonia magnetica tra noi, diventammo una coppia micidiale negli spettacoli.

Sintonia c'era anche con gli altri del gruppo di animazione, eravamo affiatati pur se ognuno era molto diverso dall'altro.

Sulla porta della camera di Luca c'era un foglio attaccato, una classifica.

Lui aveva infatti organizzato una competizione, partecipavamo solo noi maschi, ogni donna che scopavamo ci dava dei punti, in base alla loro provenienza avevano un punteggio: russe, un punto (facili da abbordare), tedesche, due punti, italiane tre punti (sulla carta le più difficili).

Luca era il re delle russe, aveva un fascino irresistibile, poteva scoparne una a sera, l'ho visto con delle strafighe ma anche con dei cessi assurdi, per lui lo scopo finale era la quantità!

Anche Max non era da meno, ma i modi che aveva Luca lui se li sognava.

Sicuramente puntava sulla simpatia che, molte volte, dava i risultati sperati.

Andrea, invece, era fissato con le tedesche. Ricordo di una bionda, bella e formosa, più alta di lui: ebbe una storia, s'invaghirono, rimasero in contatto tutta l'estate con skype.

Io ho un carattere competitivo e al punteggio ci tenevo quanto gli altri.

Ci fu un periodo in cui vennero delle bresciane e delle bergamasche.

Feci il record: riuscii a scopare un gruppo di quattro ragazze, una al giorno, e l'una sapeva dell'altra!

Dicono che le ragazze italiane sono caste e pure rispetto alle straniere, sì vero, ma solo in territorio italiano!

Basta che si spostino, per un viaggio, per una vacanza, e diventano le più facili.

Non ho mai capito perché tante ragazze vadano proprio a caccia dell'animatore, non importa se brutto o bello, forse perché cercano quella sicurezza di esperienza fine a se stessa.

Infatti, difficilmente un animatore poi si attacca morbosamente, attrae proprio quello spirito libertino.

XII
Ho appena consegnato la lettera di dimissioni

Ho appena consegnato la lettera di dimissioni, mi sono presentato in giacca e cravatta al cospetto del mio direttore. Un tono sarcastico muoveva le mie parole.

«Grazie dell'occasione che mi avete dato, ho deciso di crescere, potrò anche fallire in futuro, ma qui non faccio ciò che voglio.»

Lui è sorpreso.

«Mi dispiace, la tua scelta è inaspettata, mi piace come lavori, so che ti sei sacrificato e le tue aspirazioni erano altre, ma a me eri indispensabile in quel ruolo, posso farti cambiare idea.»

«Non sarà un aumento di stipendio a farmi cambiare rotta, io desidero altro per me.»

«Posso sapere almeno chi ti ha contattato e cosa ti hanno proposto?»

«Mi hanno contattato da RadioStyle e mi hanno proposto un programma da ideare, organizzare e gestire,»

«Chi di RadioStyle? Quel mitomane di Vittorio Colasanti? Butta solo milioni per un progetto assurdo, utopico, vedrai che botto che farà!».

Io lo guardo, prendo la mia copia appena firmata e lo saluto con una stretta di mano.

Torno alla mia mansione, anche se dovrò rimanerci solo un mese.

Ogni singolo secondo qui dentro diventerà sempre più pesante, guarderò spesso l'orologio, perché il tempo sembrerà rallentare, lo so.

Devo rimanere il professionista di sempre, però.

Dopotutto, questo lavoro, anche se non molto stimolante, mi ha dato da vivere per cinque anni.

Mentre sono in ufficio cerco anche di pensare a qualche idea per il programma che RadioStyle mi ha commissionato.

Faccio ricerche su internet in qualche sito di emittenti giapponesi o americane, non trovo nulla di particolarmente rilevante.

Mentre navigo tra le pagine con idiomi incomprensibili, mi appare un pop up con una pubblicità pornografica.

Penso: «È normale, internet è pieno di insidie e di rimandi a siti porno.»

Poi, però, guardo bene la donna in primo piano e mi accorgo che è Giulia.

Clicco sul pop up ed entro nella pagina del sito pubblicizzato perché penso che posso anche sbagliarmi, può essere una che le assomiglia molto ma, entrando, ritorna in prima pagina la sua foto con l'invito a iscrivermi per video-chattare con migliaia di ragazze.

La sera del party a casa di Giulia ero rimasto scioccato dalla sala "rossa", non capivo a cosa potessero servire le videocamere, le luci, il letto con i veli, gli oggetti sadomaso, avrei potuto chiedere, anche se avevo pensato che fosse una sua fantasia erotica.

Ora ricollego tutto.

Chiudo di corsa la pagina, prendo il cellulare e mando un SMS a Giulia, scrivendole soltanto l'indirizzo del sito porno. Effettivamente non ho mai domandato nulla della sua vita, fino a questo momento mi sono fatto trasportare dal gioco, dal sesso, dall'attrazione, ma ora mi sento tradito.

Come avevo fatto a innamorarmi di una così? Non so nemmeno definirla, che cos'è? Una "video-prostituta"? Un'amica virtuale? Una "chat-trombamica"?

Non so, fatto sta che mi sono infatuato di una ragazza che mi ha nascosto delle cose molto delicate della sua vita privata.

Non riesco a concentrarmi, passa il pomeriggio, e a malapena sono riuscito a svolgere i compiti redazionali, tralasciando il progetto della nuova radio e facendomi ancora mille domande su Giulia.

Esco dal lavoro ed ecco il suo messaggio.

"Vieni a casa mia per cena, ti aspetto per le 8".

Suona più come un ordine che un invito.

Non torno a casa, mi fermo a prendere un aperitivo, mi sento confuso e non ho voglia di stare solo. Rimango a parlare con un tipo che si occupa di teatro. Mentre chiacchiera guardo con cadenza ossessiva l'orologio, lo blocco, lo ringrazio, gli lascio il mio contatto Facebook e mi avvio verso casa di Giulia.

Entro in casa. Né un bacio, né un saluto, lei mi guarda e dice: «Seguimi.»

Cammina davanti a me, in una casa semibuia, intravedo le sue forme sinuose, avrei potuto seguirla anche a occhi chiusi, tanto è buono e intenso il suo profumo.

Saliamo le scale, si ferma davanti alla porta rossa, si gira aspettandosi una mia domanda,

«La conosco» le dico sorridendo.

Senza chiedermi il perché, apre la porta e mi invita a sedere sul letto.

Entro e ritrovo lo scenario visto il giorno della festa, sono teso, da una parte curioso di sapere, di conoscerla davvero, dall'altra ho paura che il gioco, il nostro gioco, possa finire.

Lei prende due bicchieri e del vino bianco da dentro un piccolo frigo bar.

In silenzio lo apre e lo versa, poi me ne porge uno.

«A cosa stai pensando? Come fai a conoscere questa stanza?»

«La conosco per sbaglio. L'altro giorno cercavo disperatamente un bagno e mi son ritrovato a entrare qui dentro. Penso che finora non mi son chiesto nulla, non ti nego che vedere questa stanza "sadomaso" mi abbia incuriosito, ma non ho voluto pensare nulla, cercavo solo di non rovinare quello che stava nascendo tra noi, questo nostro feeling, il nostro gioco. Poi ho visto per caso la pubblicità di quel sito erotico ed è scattato qualcosa in me, non mi chiedere il perché, non ho nessun diritto di offendermi o rimanerci male, ma mi son sentito preso in giro. Ho pensato: "cazzo, poteva dirmelo".»

Giulia beve un bel sorso di vino, dà un colpo di tosse come se cercasse di trattenere uno stato emotivo vulcanico.

«Tu mi hai conosciuto all'epoca del liceo, avevo dei sogni, ideali, volevo laurearmi e diventare un avvocato di successo. Ho perseguito l'obiettivo, con grandi sacrifici. Non potendo avere aiuti dalla mia famiglia la sera lavoravo nei pub, quel che guadagnavo lo investivo per il mio futuro: università, affitto, libri e quelle poche uscite con gli amici. Poi mi son laureata, ho fatto delle esperienze all'estero e in Portogallo ho conosciuto un ragazzo, me ne sono innamorata, ma dopo un anno son dovuta tornare in Italia perché mi offrirono il lavoro della mia vita presso lo studio più importante di Milano. Uno studio che aveva come clienti politici importanti e gente dello spettacolo. Col mio fidanzato, Jonas, ci sentivamo spesso ma, giorno dopo giorno, il lavoro mi assorbiva sempre di più, conobbi molta gente importante, la mia vita cambiò radicalmente. Ogni settimana ero invitata in una location diversa, a party, festini o semplicemente ad assistere a convention. Ero diventata la donna di fiducia di alcuni ministri, davo consigli sul lavoro, e loro mi riempivano di regali e attenzioni. Skype era diventato l'unico strumento per poter vedere il mio fidanzato, parlarci e soprattutto avere un rapporto sessuale - anche se virtuale - con lui. Ci inventammo giochi, con oggetti presi in vari sexy shop, e ci divertivamo, ogni volta inventavamo qualcosa, si lavorava molto di fantasia, e la sua mancanza diventava meno forte. Poi, pian piano, ci siamo allontanati, un po' per il lavoro, un po' perché capivo che non potevo continuare una storia a distanza, così trovai sempre più scuse per non vederci. Ci si vedeva quindi sempre più di rado fino a che un giorno presi il coraggio, prenotai un volo e andai a trovarlo. Lo lasciai. Lui, disperato, promise di vendicarsi. Io non diedi troppa importanza alle sue parole, credevo fossero dette per rabbia, invece la sua vendetta non tardò ad arrivare.»

Si blocca, cerca di trattenere le lacrime, è visibilmente scossa: mi avvicino, la abbraccio ed esorto a continuare il racconto. Si asciuga le lacrime e continua.

«Jonas lavorava nelle telecomunicazioni, era un ingegnere molto quotato, lavorò addirittura negli Stati Uniti nella creazione della piattaforma social Facebook. Ha ancora un gran rapporto con l'ideatore, Mark Zuckerberg. Tornato in Portogallo, aprì una società di telecomunicazioni che si occupava soprattutto di pubblicità attraverso internet. Insomma, te la faccio breve, prese una registrazione di un nostro rapporto "virtuale" e la mise su internet, in poche ore tutti i social network parlavano di me. Aveva usufruito di tutte le sue conoscenze per sponsorizzare il video. È stata così prorompente la popolarità del mio video che ne parlarono molte radio e TV in tutto il mondo, anche in Italia uscirono dei servizi a riguardo con approfondimenti sulla questione "morale" di internet, i contenuti, e i suoi utilizzi. Io cercai di difendermi querelando il mio ex e soprattutto tutte le reti di comunicazione che diffondevano il video e ne parlavano. L'inferno durò pochi giorni, ma mi fa strano che tu non abbia saputo nulla.»

«No, non ho saputo nulla, strano che non mi sia nulla all'orecchio, eppure mi occupo di redazionali, quando è successo?»

«Metà giugno di quattro anni fa, precisamente il 13.»

«Quattro anni fa, 13 giugno, ah sì giusto, ora capisco il perché. Ero in vacanza in Spagna, ero tutto il giorno al mare.»

«Beh, tu eri a rilassarti e io passavo il più brutto periodo della mia vita, infatti oltre al danno morale, anche la 'beffa professionale'. Fui licenziata in tronco con il pretesto di aver procurato un danno d'immagine allo studio stesso.»

«Come hai reagito?» chiedo.

«In un primo momento ricordo solo tanta angoscia e depressione, ma poi ho dovuto reagire, sentivo l'affetto di persone che fino a qualche giorno prima erano stati miei clienti. Quindi cercai di tenermi buoni i rapporti con molti politici, gente di potere, facendo infine causa a Jonas e al mio ex datore di lavoro. Grazie ad appoggi politici, ebbi in tempi brevi una sentenza, una vittoria schiacciante e un mega risarcimento di cinque milioni di euro, di cui 4,8 solo dalle tasche del mio ex ragazzo. A quel punto ero milionaria, ma senza un lavoro e con un'immagine purtroppo danneggiata da un video che non smetteva di circolare sul web. Così, dopo mesi che ero a casa, snervata dall'immobilità della mia vita, mi venne un lampo di genio.»

Io, partecipe come non mai al suo racconto: «Cosa, cosa?»

«Fino a quel giorno pensavo che la mia immagine, come la mia vita, fosse stata rovinata, ma mi sbagliavo, avevo molti amici che mi erano stati vicini, la famiglia, tante persone continuavano ad avere stima di me, così presi in mano la situazione e sfruttai quella popolarità che tanto avevo odiato. Come? Contattai un mio caro amico, creatore di siti web, e chiesi che mi aiutasse a ideare una pagina internet, un portale erotico. Cos'era che aveva reso il mio video così di successo? La naturalezza di una video chat erotica col fidanzato, che fa richieste, e la donna esaudisce ogni suo desiderio. Ho pensato che gli uomini avrebbero apprezzato di più una video chat con una sconosciuta, un oggetto del desiderio alla quale chiedere qualsiasi cosa, che i soliti video porno su internet. Quindi misi annunci sul web per cercare ragazze disposte a lavorare per il mio sito che, nel giro di tre mesi, era online. Tutte le ragazze tranne me, pronte a offrirsi per un tot di euro al minuto.»

«Tranne te?»

«Tranne me, sì, io ho messo solo l'idea e la mia immagine nella pagina principale, ma non ho mai lavorato nella video chat, non mi sono mai spogliata davanti nessuno sconosciuto. Il sito ha avuto così successo che ne nacquero a decine nell'arco di un solo anno ma io, grazie al copyright, guadagnavo anche su quelli. L'ultimo anno ho fatturato qualcosa come tre milioni di euro.»

«Cazzo, che storia! Ma allora perché hai questa stanza? A che servono queste telecamere puntate su questo letto a baldacchino, questi veli, gli oggetti sadomaso?»

«Fammi finire il racconto! Qui, io e l'amico che mi ha aiutato col sito, oramai socio, facciamo i provini alle aspiranti 'video chat girl', oramai è diventato il mio lavoro, il mio business. Siccome poi questa casa è troppo grande e tante volte mi sento sola e triste, appena posso mi piace organizzare feste, è davvero l'unico svago che mi concedo.»

Mi da un bacio sulle labbra, mi prende la mano e mi porta giù in sala da pranzo, il tavolo è imbandito di pietanze succulente, preparate per l'occasione dalle due filippine che si prendono cura della casa.

Beviamo e mangiamo, ridiamo e cantiamo, siamo come due bimbi, liberi ormai di dirci tutto senza peli sulla lingua.

Arrivati al dolce lei mi guarda negli occhi e mi dice: «Non dovremmo più vederci.»

«E perché?» chiedo, sorpreso.

«Perché mi fa paura tutto questo: quello che sento mi terrorizza, non sono pronta ad affrontare altre delusioni, altre paranoie, altri problemi. Ci siamo divertiti, abbiamo giocato, ma ora che il rapporto è così intimo, devo chiederti di smettere di vederci.»

«Cazzo, Giulia, è assurdo, hai fatto tutto te, mi hai sedotto, illuso, mi hai dato forti emozioni, emozioni che non sentivo da tempo, mi hai dato la forza di reagire a un periodo pesante, ora che ci stiamo avvicinando, ora che tra di noi non c'è solo sesso ma una bella complicità, ti tiri indietro lasciandomi come un coglione con la consapevolezza di piacerti e mai averti?»

Lei, davanti a me, con gli occhi bassi, rossa in viso: le scende una lacrima, mi alzo e senza salutarla me ne vado.

Chiudo la porta dietro di me, cosciente di aver chiuso una parentesi anche se illusoria, della mia vita.

Triste e incazzato, torno a casa.

XIII
Non riesco a dormire

Chiudo gli occhi e la mia mente proietta immagini che scorrono come un film rallentato di una giornata intensa: rivedo il gesticolare del mio capo, il pop up sul web, gli sguardi dei miei colleghi e le labbra di Giulia.

La mia mente non si ferma, formula assiomi, domande, pensieri, si lancia verso un futuro prossimo, crea interrogativi, cerca soluzioni, scariche di emozioni, rabbia, sollievo e poi subito ansia.

Ho di nuovo davanti lei, le prendo la mano, cerco di tranquillizzarla, di infonderle fiducia, di farle capire che di me si può fidare, cerco parole dolci, la bacio, lei mi sorride.

Apro gli occhi, mi giro di nuovo nel letto, vorrei liberare la testa da tutto, mi sento chiuso, circondato, chiudo gli occhi e li riapro ancora, guardo l'ora, le tre di notte, il tempo sembra non passare, accendo la TV, faccio zapping, poi lascio un film in bianco e nero. Suona la sveglia, la TV è ancora accesa, il TG del mattino.

Un'altra giornata è cominciata! Manca una settimana al mio nuovo lavoro, sono sempre più eccitato all'idea di iniziare una nuova avventura, in realtà gli ultimi due fine settimana mi son visto con il mio ritrovato collega Sandro per trovare idee e una linea innovativa al programma.

Abbiamo buttato giù un po' di idee, ma ancora nulla di estremamente soddisfacente.

Guardo fuori dal mio ufficio, oggi è venerdì e una giornata stupenda, il sole estivo risplende in una Roma semivuota, mi perdo con lo sguardo sui passanti, ci sono ragazzi che cantano per la via, indossano magliette che raffigurano icone del rock moderno, le ragazzine sono vestite con colori fluorescenti, con capelli colorati e labbra nero carbone.

Ripenso alla mia passione per la musica rock, al mio spirito ribelle degli anni del liceo e università, del mio sogno di incontrare i miei miti, di sentirli suonare solo per me, di chiedere consigli e soprattutto farmi dire i segreti dei loro successi. Migliaia di domande avrei potuto fare, ma non ne ho avuto mai l'occasione se non quella con Noel Gallagher.

Di colpo un lampo di genio, l'idea che cercavo, sento un brivido che sale e comincio a sudare dal caldo.

Improvviso, prendo un foglio e comincio a scrivere.

Chiamo Sandro e gli dico di vederci appena finito di lavorare, per una cena a casa mia, lui è curioso, fa domande, ma non cedo. Mi richiama dopo cinque minuti e mi dice che Vittorio, il capo, è impaziente di ascoltare anche lui la mia idea e che ci invita in uno dei migliori ristoranti di Roma per parlarne.

Accetto, non ho scelta, mi rileggo il foglio, cancello e riscrivo le parti meno convincenti.

Ora è tutto ok, nero su bianco, manca sicuramente la loro approvazione ma, se riesco a convincerli, la mia vita cambierà. Alle 20:00 sono puntuale davanti al ristorante, gli altri devono arrivare, ma oggi non odio aspettare, anzi, mi da sollievo, ho ancora minuti per prepararmi psicologicamente.

Sono nervoso, di colpo sento una certa insicurezza che mi fa battere velocemente il cuore.

Arrivano, li vedo che parcheggiano: sono insieme nella Mercedes spaziale di Vittorio.

Escono dall'auto e mentre ridono a voce alta si dirigono verso l'entrata. Mi salutano molto calorosamente, Vittorio, anche lui, con due baci sulle guance.

Accompagnati dal cameriere, ci sediamo in una stanza privata. Il ristorante è di alta classe, con mobili antichi e vasi di epoche passate, la nostra stanza tutta in legno, sembra una baita di montagna, climatizzata e ben profumata.

Dopo i primi convenevoli, cominciamo a sorseggiare un ottimo vino bianco.

Già al secondo bicchiere gli animi sono più sciolti, così che Sandro prende la parola.

«Allora, mio caro, erano anni che non ti sentivo così infervorato, all'inizio mi hai quasi messo paura, balbettavi per l'euforia, racconta, qual è questa idea?»

Mi squilla il cellulare, non vedo nemmeno il nome, lo spengo subito.

«Credetemi, forse mi esaltato per poco o niente, rileggendo il progetto mi vengono sempre più dubbi sull'attuazione e sull'organizzazione di tale programma, ma ve lo mostro.»

Non appena tiro fuori dalla mia tasca il foglio, Vittorio me lo leva via di mano e comincia a leggere a voce alta, ma subito si blocca perché è un foglio di appunti, schematico, pieno di frecce e correzioni varie.

«Su coraggio, non essere timido, spiega che cos'hai in mente.»

«Mi sono rivisto adolescente, ragazzo, con la voglia di conoscere la musica, gli interpreti, le band. Ho osservato un gruppo di ragazzi, stamattina: erano felici, indossavano magliette con i simboli delle rock-band del momento, c'era uno con la chitarra e tutti insieme cantavano a squarciagola.»

«Vai al dunque Carlo, che c'entra tutto questo con il tuo programma?» mi interrompe Sandro.

«C'entra eccome! Se noi preparassimo un programma che mette in primo piano i fan, non la musica, non le band, ma le persone che credono e seguono gli artisti, allora daremo voce a quelle migliaia di persone che vivono per la musica.»

Le loro facce di colpo diventano diffidenti.

Vittorio mi chiede: «Come si fa a far diventare protagonisti i fans?»

«Facendoli incontrare con la band che amano» rispondo.

«Una rock band internazionale non verrebbe mai in Italia solo per parlare in una radio emergente. Con chi poi, con fans incalliti pronti solo a urlare o piangere?» mi risponde Sandro.

«Ecco come: ogni settimana si decide la band da intervistare, la prima edizione del programma possiamo incentrarla su band britanniche, così che possiamo incontrarli a Londra, prendendo in affitto un giorno a settimana uno studio e trasmettere in diretta da lì. Chiediamo ai fans, tramite radio, Facebook o altri social network, di mandarci le domande che sognerebbero fare ai propri idoli, con la possibilità di fargliele dal vivo. In un secondo momento la redazione sceglierà le migliori domande e chi soprattutto sarà il fan che intervisterà, con me, la band.»

Arriva il cameriere che mette nel piatto di Vittorio delle linguine all'astice, ma lui nemmeno le guarda, tiene gli occhi puntati su di me.

«A parte i costi che saranno esorbitanti - affittare uno studio, pagare il viaggio e l'albergo ogni settimana - non capisco ancora perché gli artisti verrebbero, a costo zero a rispondere alle domande di un moccioso per una emittente italiana di poco conto.»

«Di poco conto ancora per poco: cominciamo a sponsorizzare la cosa, creare una pagina Facebook dedicata, vedrai le migliaia e migliaia di persone che saranno interessate, mano a mano la partecipazione aumenterà, coinvolgendo anche radio-ascoltatori fedeli ad altre emittenti. Quando contatteremo gli artisti o meglio i manager e l'entourage, daremo dei dati precisi dell'attenzione che abbiamo creato a riguardo e non potranno esimersi, accetteranno. Loro, come noi, avranno il proprio tornaconto. possono infatti pubblicizzare le vendite del disco, i biglietti dei concerti, il sito per la vendita online di magliette e quant'altro.»

Un attimo di silenzio tra di noi, continuo.

«In poco tempo la radio sarà sempre più seguita, venderà più pubblicità e a prezzi alti. Con un grande sforzo sia economico che lavorativo, diverremmo una Top.»

«Allora, fammi capire. Noi, tramite radio, daremo l'opportunità ai fans di fare domande ai loro idoli con la possibilità di incontrarli. I fans, ovviamente, scriveranno sulla nostra pagina Facebook. La redazione sceglierà la persona che andrà a fare domande direttamente a Londra in una sede affittata per l'occasione... geniale!»

Vedo che un sorriso si fa spazio tra le facce tese dei miei interlocutori, Vittorio si alza e mi viene a stringere la mano. «Carlo, ti voglio dare fiducia, il progetto è rischioso, ma cercavo proprio questo, dobbiamo osare, ma ricorda che se il programma fallirà, andranno a rotoli tutti i nostri progetti e con loro le mie finanze.»

Sandro si alza di scatto: «Fermi, fermi tutti! Potremmo anche farne un programma televisivo per la nostra nuova Style TV che sta nascendo.»

«Cosa stai dicendo, Sandro?» gli urlo io.

«L'altra volta ti avevamo accennato a una possibile novità, ora ne abbiamo la certezza, quindi, nell'annunciarti che nascerà Style

TV, possiamo anche pensare di creare un format televisivo oltre che radiofonico del tuo programma.»

Vittorio ora è elettrizzato, prende il vino e rimbocca i calici. «Brindiamo al nuovo progetto, brindiamo a te, Carlo.»

La serata scorre veloce tra vino e del pesce delizioso, dopo l'imbarazzo iniziale, mi son trovato a parlare con due ragazzi come me, amanti del proprio lavoro, impazienti di crescere e migliorare.

XIV
Dopo una bella cena di lavoro

Dopo una bella cena di lavoro, soddisfatto e ancora un po' ebbro del buon vino, rientro a casa e trovo un foglio sulla libreria dell'ingresso con scritto "Chiamami,Veronica".

Mia sorella era entrata a casa per lasciarmi un messaggio, non mi poteva chiamare?

Che stupido, ho spento il cellulare all'inizio della cena! Riaccendo il telefono di corsa, i secondi dell'accensione sembrano durare un'eternità, mi chiedo cosa mi dovrà dire di così importante, penso al suo uomo che l'ha lasciata o a sua figlia che è fuggita di casa, eccolo acceso, la richiamo.

«Carlo, ma dove cazzo eri finito, hai addirittura spento il cellulare!»

«Ero ad una cena di lavoro...» Non riesco a finire di parlare che mi blocca.

«Non importa, è successa una cosa gravissima, Luca ha avuto un incidente.»

«Chi?»

«Nostro fratello, cazzo, siamo al Santo Spirito.»

«E come è successo? Come sta?»

«Cazzo vieni qua, sbrigati, Carlo!»

Mi tremano le mani, quella leggerezza che sentivo pochi minuti prima si è trasformata improvvisamente in agitazione e nausea. Spengo la luce ed esco nuovamente.

In macchina cerco di rilassarmi ma non ci riesco, durante il tragitto cerco di focalizzare l'attenzione sul tono di mia sorella, cerco di immaginarmela, era di certo in preda al panico, mi aveva trasferito tutta la sua ansia.

Vedo i fari delle auto che mi abbagliano. Sono entrato in uno stato di sorda realtà, mi sento dentro un film, ogni macchina che passa vedo un possibile incidente, il corpo a terra di mio fratello e la sua moto a trenta metri di distanza, il sangue.

Comincio a respirare affannosamente, accelero, intravedo l'ospedale dalla rotatoria, sono arrivato, cerco parcheggio.

Entro, il cuore me lo sento in gola.

Mi corre incontro mia sorella. Dietro lei, mia mamma e mio padre abbracciati che piangono.

Veronica mi abbraccia piangendo, mi stringe forte, le accarezzo il viso, lei mi guarda negli occhi e mi sussurra: «Luca non ce l'ha fatta.»

Rimango impietrito, sento le gambe molli, mi gira la testa, mia sorella mi tiene, sto per cadere, riesco a sedermi.

Vicino a me un cestino per l'immondizia, nausea sempre più forte, non capisco più nulla, ho i conati, senza forze mi abbasso di lato verso il cestino e vomito.

Passano dieci minuti e mia sorella, dopo avermi aiutato a pulire, mi porge un bicchiere d'acqua con una compressa.

«Cos'è?»

«Prendila e ti aiuterà a star meglio.»

Senza replicare, la prendo.

«Ma com'è successo? Dov'era? Con chi era?»

«Luca era sotto la galleria di Prima Porta, erano le 20:00 circa e stava andando con la moglie a cena, era il compleanno di Vittoria e la portava a Calcata per festeggiare insieme.»

«E poi?»

«E poi andavano piano, lei dice a 80 chilometri orari...»

Veronica singhiozza.

«Lei non si è fatta nulla?»

«Illesa, Carlè... mentre superavano un camion, questo ha sbandato, Luca ha frenato ma la moto è partita, Vittoria è scivolata verso sinistra, lui verso destra ed è stato travolto dal camion, l'hanno portato d'urgenza qui, hanno provato ad operarlo, ma era troppo grave, non ce l'ha fatta.»

Mia madre inizia a urlare, mio padre la prende, la scuote, lei si divincola.

«Voglio vederlo, voglio vedere mio figlio!»

Papà la riprende e la stringe più forte soffocando le sue richieste con un pianto che annega ogni speranza di poterlo riabbracciare. Rimaniamo in silenzio in sala di attesa, dovrà passare qualche ora prima che ci facciano vedere il corpo senza vita di Luca. Abbraccio mia madre e mio padre, ci uniamo con mia sorella, stretti, abbiamo perso un fratello, un figlio, un amico, una parte di noi.

Siamo coscienti che da lì non saremmo usciti più gli stessi. Improvvisamente tutto perde importanza: il lavoro, i rapporti sentimentali, ogni cosa.

Sono le 4:00 del mattino, mia sorella torna dal reparto, ha parlato con un medico.

«Luca non ce lo faranno vedere adesso, dobbiamo aspettare 24 ore, non mi chiedete il perché, quindi andiamo a riposare, che siamo stremati.»

Accarezzo mia madre, sfinita dalle lacrime e bianca in viso.

Ci accingiamo a tornare a casa.

All'uscita mia madre mi chiede se dormo da loro, sono troppo scosso per stare a casa da solo, accetto.

Mia sorella cerca di farmi un sorriso, mi abbraccia.

«Quindi li porti tu mamma e papà. Cerca di piangere, Carlè, ti farà bene, non tenerti tutto dentro come al solito.»

Non le rispondo, salgo in macchina e con i miei genitori mi avvio verso casa.

XV
Entro in camera da letto

Entro in camera. Sono anni che non ci dormo.

In questa casa io e mio fratello dormivamo proprio qui, insieme. Più grande di me di molti anni, l'ho visto sempre come un modello da seguire, come un eroe.

Luca non ha mai rincorso le mode, era un ragazzo semplice, lui mi aveva infuso l'amore per la musica, era un discreto suonatore di chitarra classica.

Ricordo ancora che, a Natale, era solito esibirsi mentre papà lo riprendeva con la videocamera.

Papà, dal canto suo, ha avuto sempre un debole per lui, gli ha trasmesso l'amore per l'arte, la musica e per il calcio.

Se lo portava sempre dietro fin da piccolo, c'era una sintonia magica tra loro, cosa che io un po' invidiavo.

Mio fratello disegnava divinamente, era fenomenale nei ritratti. Fece una scuola di pittura e mio padre, da lì, sulle orme di mio fratello, si interessò di pittura, fece la scuola delle belle arti a Roma, e dopo poco tempo, ne fece il suo hobby, un hobby di discreto successo.

Difficilmente litigavano, anzi non ricordo una sola lite tra i due, convergevano sempre a un'unica soluzione o pensiero, spesso era facile che papà intervenisse in una discussione tra di noi, dando ragione a mio fratello.

Da ragazzo, avevo cercato di trovare la chiave giusta per entrare nelle preferenze di mio padre, ma sentivo che era una cosa forzata: mi amava, mi stimava, ma non avrei mai potuto competere con Luca, tra loro era tutto così naturale.

Mio fratello è sempre stato un po' sfigato con le ragazze, da adolescente era davvero troppo timido e i compagni lo prendevano in giro. Vivendo in un quartiere periferico di Roma, i ragazzi che frequentavano il liceo erano tutti figli di genitori come i nostri, umili, lavoratori, quindi era facile trovare il bullo della situazione o gente rozza e poco sensibile.

Ecco, sì, io l'ho visto sempre un po' troppo sensibile, mio fratello, si prendeva pena per tutto, poi molto istintivo, irascibile appena si sentiva ferito, ma allo stesso tempo, il giorno dopo, si pentiva e chiedeva scusa.

Non era mai stato un leader, e a casa covava sempre un po' di rabbia contro stupidi atteggiamenti dei compagni di scuola, aveva subìto e, appena ha potuto, si è allontanato da quel quartiere che non gli si addiceva.

Gli anni dell'università hanno cambiato la sua vita, era brillante nello studio e si fece molti amici, amici che ancora oggi gli vogliono bene.

Ebbe anche le sue prime esperienze in amore, spesso disastrose, come quella con Luciana, collega di università, calabrese.

Lui se ne innamorò follemente, cominciò una storia con lei, fino a che un giorno conobbe a una festa di amici un tale, Gianmaria, e raccontandosi un po' il percorso di studi e vita, scoprirono che stavano con la stessa donna.

Il giorno dopo, gli amici per tirarlo su di morale gli prepararono un party in suo onore, ma bevve tanto di quel vino "per dimenticare" che passò la notte in ospedale!

Era l'eccesso, mio fratello, non aveva mezze misure: o troppo prudente o senza giudizio.

Possedeva una Fiat Panda anche se poteva permettersi una Bmw, ma ogni volta che usciva con gli amici era capace di spendere duecento euro solo per offrire da bere.

Per lui l'amicizia era un valore fondamentale, dava tutto per gli amici, tempo, denaro, consigli e soprattutto nei momenti di difficoltà lui era sempre in prima linea, li aiutava, ma non sempre è stato ricambiato con la stessa moneta.

Ricordo un periodo, io avevo diciotto anni, ogni tanto uscivo con lui e con i suoi amici.

Ero più piccolo di molto ma ero già scaltro, all'epoca.

C'era un suo amico, Germano, che era stato appena cornificato e lasciato dalla ragazza. L'obiettivo di mio fratello era quello di tenergli la mente occupata, quindi ogni sera lo faceva uscire, lo invitava a casa sua, lo faceva stare in mezzo alla gente.

Nell'arco di un mese questo suo amico aveva ritrovato il sorriso, si sentiva tutti i giorni con mio fratello, avevano legato davvero tanto.

Poi, un giorno, Germano si fidanzò nuovamente e da lì in poi neppure una chiamata, una visita a casa, nulla.

Luca non reagì, non gli disse niente, incassò.

Aveva perso tempo, denaro e parole per una persona che credeva fosse suo amico, si sentì sfruttato, preso in giro, da quel giorno per lui Germano era morto.

Non dava seconde possibilità, vedeva l'amicizia come un concetto puro e non un puro opportunismo!

Non riesco a immaginare la mia vita senza di lui, anche se non eravamo più molto a contatto, ci sentivamo e vedevamo di rado, ma sapevo che c'era per qualsiasi cosa, che potevo contare su di lui, sapevo che Luca mi avrebbe sempre capito.

Come quando ero a Londra e avevo bisogno di un sostegno, lui è stato presente, come quando ero in Egitto alla mia prima stagione da animatore, mi venne a trovare per festeggiare con me il mio compleanno.

Fu una settimana straordinaria, ancora oggi si parla di lui laggiù, per il mio compleanno fece aprire dieci bottiglie di spumante, aveva riunito una quarantina di persone, prese in mano la chitarra e cantò stornelli romaneschi e canzoni demenziali, ricordo che le persone piangevano dal ridere, poi ogni volta che un cameriere portava una bottiglia, dava la mancia, gli egiziani lo veneravano!

Ubriachi e vestiti ci tuffammo nella grande piscina del villaggio: passai il compleanno più bello della mia vita!

Non credevo che potesse essere così importante per me, ultimamente computer e telefonino hanno occupato la quotidianità, si rompe il cellulare, non si recuperano i contatti, si va nel panico totale, una cosa che la adoperi tutto il giorno ti lascia e pensi che il mondo ti crolli addosso.

Invece, il cellulare si ricompra e i contatti si riprendono!

Mio fratello non era presente ogni giorno della mia vita, ma non sarebbe tornato più indietro, la sua essenza già fluttuava in chissà quale emisfero, in chissà quale paradiso.

Dai rumori che arrivano dalla cucina capisco che i miei genitori, come me, non hanno chiuso occhio; sento suonare alla porta, guardo l'ora sono le 9:00.

Sento un vociare fastidioso, mi alzo e vado in cucina. C'è la mia ex fidanzata, Anna, a portare condoglianze alla famiglia, mi avvicino e mi abbraccia.

«Come stai? Domanda del cavolo, lo so, scusa, mi dispiace tantissimo, appena ho saputo sono corsa qui.»

«Grazie, ci fa davvero piacere.»

In realtà, in un momento simile non vorresti vedere nessuno, tanto meno la tua ex, ma per non mettere in difficoltà le persone accetti le condoglianze, ringraziando.

In poco tempo arrivano tutti i parenti e gli amici più stretti, abbracci e pacche sulla spalla, fanno piacere, senti l'affetto di gente sincera, non ti senti solo, ma in quegli istanti sarei voluto scomparire, rimanere solo, avrei preferito morire che provare tutto quel dolore.

XVI
In ospedale la sera

In ospedale, la sera, riconosciamo il corpo.

Io non sono voluto entrare, me lo volevo immaginare ancora come l'avevo lasciato, sorridente, a casa dei miei in una domenica di un mese fa.

Mi impressiona la morte, stare davanti a un corpo privo di vita, freddo, senza respiro, mi angoscia, ho difficoltà anche a entrare nei cimiteri.

Ho pensato molte volte alla morte, alla mia morte, mi son fatto le classiche domande esistenziali: dove si va, cosa succede, alla tristezza di lasciare persone care.

La cosa che mi ha sempre angosciato di più, non credendo in Dio e al suo disegno divino, è la possibilità di rimanere rinchiusi in un corpo privo di vita, senza la possibilità di liberarsi e di vivere nuovamente sotto forma di spirito o altro.

Terribile il senso di claustrofobia che mi prende ogni volta che ci penso, incastrato nel niente!

Di certo dà sollievo pensare che dopo la morte ci aspetta il Paradiso, perché se esistesse davvero, Luca lo meriterebbe. Dopo anni mi ritrovo a pregare, in ginocchio, in una chiesa a me cara dove da bambino aiutavo a servire messa.

Da piccolo, all'uscita dalla chiesa, dopo aver aiutato il sacerdote, avevo la sensazione di essere pulito, limpido e sereno

Con gli anni mi sono allontanato sempre più dalla casa del Signore e ho capito che forse quelle sensazioni erano false e i predicatori, i sacerdoti, svolgessero un lavoro più politico che spirituale.

Ora aspetto che portino mio fratello. L'idea di trovarmi in mezzo alla folla di amici, parenti e sconosciuti che mi abbracceranno, mi faranno le condoglianze o solamente mi guarderanno con occhi compassionevoli mi dilania l'anima.

Mio padre mi ha chiesto se avessi voluto portare con lui e gli zii la bara di Luca.

Non me la son sentita.

La cerimonia è stata straziante, sono stato obbligato a star lì, sentendo il malessere della perdita, l'angoscia ha toccato il suo apice quando mia sorella ha voluto dedicare una poesia a Luca.

Come ha fatto a trovare la forza per un atto simile, con gli occhi puntati di centinaia di persone su di lei?

Ha fatto un'interpretazione toccante e ha concluso con una battuta che diceva sempre nostro fratello, ha sorriso e tra gli applausi è tornata al suo posto.

A quel punto il parroco ha fatto il mio nome e mi ha esortato a fare un discorso.

Ho provato panico, non sono riuscito a dir nulla, ho mosso solo la testa a far intendere un no.

Mia madre mi ha toccato la spalla.

«Dai, Carlo, vai che ti sfoghi.»

Il mio cuore ha iniziato a correre all'impazzata, il mio respiro è diventato affannoso, mi sono sentito chiuso in una morsa, di nuovo quella sensazione claustrofobica, mi sono alzato e sono uscito dalla porta laterale della chiesa.

Mi siedo su dei gradini e faccio dei bei respiri profondi, sento chiamare il mio nome, mi giro ed è Giulia.

Si avvicina, mi porge una bottiglietta.

«Prendine quindici gocce.»

«Cos'è?»

«Non ti preoccupare, tu prendi e vedrai che ti rilassa, è un ansiolitico.»

Prendo le gocce, le porgo di nuovo la bottiglietta e le chiedo se gentilmente mi accompagna a casa.

Lei, senza domandarmi nulla, mi fa segno di seguirla. Arrivati a casa sento che le gocce stanno facendo effetto, ma al contempo un gran sonno mi coglie e mi addormento sul divano ancora vestito da funerale.

Quando mi sveglio, mi sembra passata una vita, dopo due giorni che non dormivo, avevo riposato appena tre ore.

Lei ha preparato la cena, si sente un buon profumo.

«Non ho fame, Giulia, grazie del pensiero ma non ho voglia di mangiare.»

«Meno mangi e avrai sempre meno fame, non puoi lasciarti andare, Carlo, devi reagire, devi continuare a vivere.»

Allora mi alzo dal divano, mi avvicino e l'abbraccio.

Sento di colpo come un brivido, quel calore era ancora vivo in lei, Giulia era più' di una scopata, Giulia era un'amica.

Avvicino la mia bocca al suo orecchio e, con un filo di voce, le dico: «Grazie di essere qui, di prenderti cura di me.»

«Io ti voglio bene e questo mi lega a te, al di là della natura della nostra relazione, se c'è o c'è mai stata.»

Chiamo mia madre e mia sorella e le tranquillizzo.

Io e Giulia andiamo in cucina, ha preparato delle ottime pietanze, mangiamo e poi parliamo tutta la notte abbracciati sul letto, senza mai sfiorare le parti intime, senza nemmeno averne il desiderio.

Le racconto molti aneddoti su di me e su Luca, lei ascolta con interesse, poi prende la mia chitarra, suona una canzone molto lenta e romantica, e dolcemente mi addormento.

XVII
Mi hanno chiamato dal lavoro

Ho ricevuto una telefonata dal direttore.

Mi ha fatto le condoglianze e mi ha dato il permesso di rimanere a casa tutta la settimana. Proprio l'ultima settimana di lavoro a Radio Capitale.

Gesto davvero apprezzabile, anche perché non ho nemmeno la forza di uscire.

Ho un malessere profondo, cerco e voglio solitudine, le imposte delle finestre chiuse e soprattutto silenzio.

Sdraiato sul letto, sono spesso in dormiveglia. Le mie funzioni vitali si riassumono nell'andare al bagno, rimettermi a letto, accendere la TV, spegnerla, andare in cucina, bere latte o mangiare del pane.

Solo il telefono di casa è attivo, il cellulare spento, sono raggiungibile solo per i miei cari.

Intanto passano quattro giorni, gli unici contatti con la realtà sono le chiamate di mia sorella, di mia madre e la compagnia di Giulia che un paio di volte mi è venuta a trovare per cenare insieme.

So benissimo che lei passa per farmi un piacere, per starmi vicino, ma non riesco ad apprezzare nessuna carineria, voglio star solo, non riesco a rapportarmi con la realtà tanto meno con nessuna persona.

Quando è qui, parlo sempre meno, lei cerca di farmi sorridere, mi racconta cose strane che le capitano durante il giorno e soprattutto mi sprona a buttare fuori le mie emozioni, la rabbia e il mio malessere.

Mi sembra così lontana la mia vita, i miei progetti, le mie aspirazioni, mi sento chiuso dentro un'atmosfera di tetra immobilità, di angoscia.

Mi fa paura la luce, il sole, le nuvole, vedere persone, ascoltare musica, mi fa paura la vita.

Ho sempre avuto una particolarità: mi ha sempre affascinato tutto quello che mi circonda, sia il decadente che lo stupefacente, ma mi sono fatto spesso condizionare dalle sensazioni che mi trasmettevano.

Per esempio, ricordo come potevano eccitarmi la forza e la grandezza d'animo di persone che riuscivano nello sport e nella vita, come potevano trasmettermi la loro positività.

Purtroppo, però, la mia sensibilità assorbe anche i malesseri e le malattie, fino a sentirli miei, fino a stare male per un male che non è il mio.

Ora mio fratello era morto e senza vita eravamo in due.

Tutto questo perché non ho dei limiti ben definiti della mia personalità.

Forse perché, come diceva Luca, era l'insicurezza la causa della mia poca concretezza.

Un giorno, infatti, stavamo discutendo via Facebook, man mano sempre più animatamente, riguardo la bravura artistica di nostro padre.

Come ci capitava spesso, avevamo due opinioni discordanti ed era interessante trovare lo scontro, un po' per competizione e un po' per conoscerci meglio.

Lui asseriva che papà non aveva nulla da invidiare ai miglior pittori contemporanei, che era da considerarsi un artista a tutto tondo, un artista degno di nota.

Io, pur considerando le opere di mio padre fantastiche, rendendomi orgoglioso di lui e della sua arte, pensavo anche che un artista per essere considerato tale debba necessariamente avere la consacrazione della critica e del pubblico.

Condannavo, quindi, il poco coraggio di nostro padre, la sua insicurezza nelle proprie doti e nel non affrontare la critica o un percorso che lo portava a mettersi in gioco, a rischiare un fallimento di propositi e intenzioni.

Talvolta è meglio non mettersi in gioco che rischiare un fallimento. Luca a questo mio concetto mi lasciò senza parole.

«Carlo, la scelta di papà è stata una scelta forzata, non aveva soldi e tempo per affrontare un percorso simile, sai cosa vuol dire entrare in quel mondo? Poi dalle tue parole traspare rabbia, non sarà a causa della tua insicurezza che proietti su di lui?»

Mi incazzai, a quel punto, perché aveva fatto una considerazione personale su un discorso generico, ma sapevo dentro di me che aveva colpito nel segno e che aveva ragione.

XVIII
Ieri, domenica

Ieri, domenica, sono uscito per la prima volta dopo quasi una settimana per un pranzo a casa di mia madre.

A tavola c'era anche mia sorella con il marito Umberto e la piccola Eder.

È stato un pranzo triste, io non ho pronunciato parola e gli altri, compresa nostra madre, cercavano di sorridere, di chiacchierare del più e del meno.

Solo papà era in silenzio come me, ogni tanto ci guardavamo, traspariva nei suoi occhi la mancanza di Luca, ci accomunava la non voglia di reagire, di sorridere, di sdrammatizzare.

Forse saremo i più deboli della famiglia, ma è evidente che quella parte che è venuta a mancare, quel pezzo della nostra anima strappata improvvisamente, ci rende indifesi, incredibilmente soli e depressi.

Nel primo pomeriggio, prima di lasciare casa dei miei, mia madre mi ha abbracciato.

«Siamo forti, rimaniamo uniti, siamo una famiglia e Luca non ci vuole tristi.»

Le ho sorriso, le ho dato un bacio sulla guancia, le ho asciugato una lacrima che scendeva piano sul suo viso, ho salutato gli altri e sono tornato a casa.

Oggi è lunedì, sono le 6:00 di mattina e, come mi capita ultimamente, sono sveglio da due ore.

La notte non dormo bene, ogni mezzora mi sveglio e spesso con il cuore in gola.

Mi preparo con calma, alle 8:00 ho un appuntamento con Sandro per colazione, oggi comincia ufficialmente la mia nuova avventura a RadioStyle.

Dopo una settimana, riaccendo il cellulare, poi vado a fare una lunga doccia.

Mi asciugo cercando di non guardarmi allo specchio, ogni volta che lo faccio ho un brivido di malessere, evito di farmi la barba. Finisco di prepararmi, torno in camera e vedo un messaggio che lampeggia sul display del cellulare.

È Sandro, che ha saputo dell'accaduto, mi fa le condoglianze e mi invita a star su col morale.

Prendo il portatile e vado al lavoro.

Alle 8:00 sono al bar, Sandro arriva con qualche minuto di ritardo e mi rinnova le condoglianze, mi abbraccia e ordina la colazione.

Dopo qualche convenevole, mi vede con gli occhi bassi fissi sul cappuccino, mi prende una mano, la scuote.

«Tutto bene, Carlo?»

«Sandro, non sto bene, scusami ma credo di non farcela.»

Non riesco a guardarlo in faccia, mi sento un verme, sto mettendo la testa sottoterra. Sandro si avvicina, mi tira su il viso, mi guarda fisso negli occhi.

«Carlo, hai un'occasione grandissima, hai lavorato sodo per meritartela e hai ideato un progetto straordinario, ma senza la tua verve, il tuo estro, la tua carica, rischi di mandare tutto a puttane! Capisco benissimo il tuo stato, ma devi reagire, devi ritrovare la tua vitalità, siamo ad agosto e tra un mese il programma deve cominciare! Non credo sarebbe felice, tuo fratello, di vederti in questo stato, rischiando oltretutto di perdere il lavoro che hai sempre sognato.»

Sento una voragine che si apre dentro di me, perdo il senno.

«Cosa ne sai tu di mio fratello, di me e dei miei sogni, lasciami in pace.»

Rimane a bocca aperta, vorrebbe rispondermi, ma balbetta.

Mi alzo: «Io lascio.»

Prendo la macchina e, tornando a casa, accendo la radio, voglio ascoltare del rock deciso, trovo la traccia, alzo il volume.

Intanto comincia a piovere a dirotto. In strada in pochi minuti si formano delle grandi pozzanghere, le macchine vanno a rilento, il traffico aumenta fino a rimanere imbottigliato, intravedo un incidente poco distante, vedo anche un parcheggio, faccio una manovra improvvisa e mi infilo nello spazio libero.

Rimango in macchina, alzo ancora il volume, abbasso il sedile e mi addormento. Mi sveglio di botto, squilla il cellulare, cerco di abbassare il volume della radio.

«Pronto.»

«Sono Sandro, scusami per prima, sono stato troppo duro e forse insensibile, ma cercavo si spronarti, sbagliando.»

«Scusami tu, ma non ci sto capendo più nulla.»

«Ho parlato con Vittorio, vuole incontrarti, vuole parlare con te.»

«Cosa mi deve dire? Mi devo sentir dire che sono un debole, un senza palle?»

«Carlo, ma cosa stai dicendo? Vieni in ufficio, dacci una possibilità, dalla anche a te stesso!»

Lo saluto, metto in moto la macchina e in pochi minuti sono di nuovo sotto RadioStyle.

Sandro mi aspetta davanti all'entrata, mi prende un braccio e mi accompagna davanti all'ufficio di Vittorio.

Bussa alla porta, mi raccomanda di rimanere calmo ed entriamo. Vittorio viene verso di me, mi abbraccia, mi guarda fisso negli occhi.

«Circa tre anni fa ho perso entrambi i genitori in un incidente aereo, erano di ritorno dal Sud Africa, mio padre era un grande imprenditore, stava costruendo un mega centro commerciale, ma purtroppo un volo interno è stato fatale. Un improvviso temporale, una bufera di vento, poi nessuna traccia dell'aereo, nessuna traccia di loro. Sono caduto in depressione, ero rimasto solo, figlio unico, orfano. Rimanevo giorni interi a casa senza voler vedere nessuno, ero morto anch'io con loro. Poi, un giorno, mi trovavo in ufficio da mio padre per prendere un documento, quando ho visto sulla scrivania un biglietto, c'era scritto: *"ogni ostacolo sul mio cammino è uno stimolo al successo"*. Per vivere dovevo superare l'ostacolo della morte, avevo bisogno di un progetto di cui loro potevano esserne orgogliosi. A ogni ostacolo o problema che la vita mi presenta, penso a loro, a quello che hanno costruito, a quello che mi hanno insegnato e a quel biglietto sulla scrivania di mio padre. Quindi, Carlo, ora uscirai da questa stanza, in sala riunioni ti sta aspettando il tuo nuovo team, e vedrai che lavorando tutti insieme al progetto, troverai quegli stimoli che ti faranno superare questo brutto momento, tuo fratello ti aiuterà, e sarà orgoglioso di te!»

A quel punto, toccato dalle sue parole, gli sorrido e uscendo dalla porta del suo ufficio mi asciugo le lacrime che senza che me ne accorgessi scendevano dai miei occhi.

Ero in delle acque buie e torbide ma Vittorio mi aveva appena lanciato un salvagente, potevo rivedere la luce tramite il lavoro, il mio progetto, oppure continuare ad annaspare senza aprire gli occhi.

XIX
Mi sveglio di colpo durante il sonno

Mi sveglio di colpo durante il sonno, uno scatto di nervi mi ha fatto sobbalzare dal letto, nella notte, nel buio, solo, in una stanza così grande per una sola persona.

Mi capita spesso di svegliarmi nella notte, avvolto in un malessere da perdere il fiato.

Capita quindi, ultimamente, di andare in radio non riposato, non sereno e con decine di dolori o fastidi fisici che aumentano il mio stato di ansia.

Sento, a volte, formicolii alle mani, dolori intercostali, respiro pesante, difficilmente entro in posti angusti tipo metro o ascensore, mi manca il fiato, mi sento chiuso e imprigionato.

Da quando mio fratello è morto, lotto ogni giorno con queste paranoie e col senso di morte.

Pensieri che non mi lasciano libero, mi destabilizzano e mi condizionano.

Credo che l'argomento della "morte" sia stato per me sempre troppo difficile da affrontare. Sono troppo sensibile e ansioso da poterlo fare.

In questo clima è davvero impossibile concentrarsi, quest'angoscia mista a paura ha superato il mio limite di controllo, ha preso il sopravvento e ne risente soprattutto il mio lavoro.

Tra meno di un mese comincia il mio nuovo programma, dovrei stare a mille, eccitato, invece sono qui, recitando la parte di chi sta bene, del leader, che dà disposizioni, che organizza, che sprona il team.

É davvero un bel team: Adriano, ventitré anni, di Bari, appena laureato con il massimo dei voti in comunicazione a Greenwich, Londra, sensibile e davvero sveglio.

Daniela, ventisette anni, di Milano: sono già tre anni che lavora nel redazionale di importanti testate sia giornalistiche che di trasmissioni radiofoniche, affascinante, determinata e con un gran senso dello humor.

Quasi ogni sera, dopo il lavoro, ci riuniamo anche con Sandro e Vittorio che stanno seguendo con grande interesse l'avanzamento dei lavori.

Vedo sempre maggiore euforia intorno a me, al progetto, ai primi obiettivi raggiunti: abbiamo chiuso il contratto con una piccola radio londinese che ci affitterà uno studio molto elegante. Abbiamo già preso la casa per me e il mio team con affitto pagato per tre mesi.

Abbiamo un ottimo collaboratore a Londra che sta prendendo contatti con management del panorama musicale europeo.

Tutto quasi pronto, tranne me. Negli ultimi giorni la mia concentrazione è sempre più labile.

Non so per quanto reggerò questa situazione, spero solo in un qualcosa che mi sblocchi dentro, che mi rilassi, che mi faccia stare in pace con me stesso.

XX
Appena fatto il check-in

Appena fatto il check-in e il controllo bagagli, come al solito mi fanno togliere anche le scarpe, e controllano minuziosamente ogni angolo della mia valigia.

Sarà per la barba e la mia pelle scura, ma ogni viaggio è un'odissea.

Mancano ancora quaranta minuti alla chiusura del gate, Adriano gioca col suo smartphone,

Daniela sta ultimando l'organizzazione della trasferta londinese, rispondendo alle ultime e-mail ricevute tramite il suo iPad.

Io non sono così tecnologico, mi basta un po' di musica per ingannare il tempo.

L'aeroporto è un luogo davvero affascinante: vedere migliaia di persone che sono pronte a disperdersi nel globo, con sguardi di familiare diffidenza, accomunati dal viaggio, sconosciuti pronti a condividere un'avventura limitata nel tempo.

Chiudo gli occhi mentre dal mio iPad casualmente esce il brano *Sol e praia.*

Col sorriso stampato in viso, mi tornano in mente immagini legate al Brasile, alla mia speciale esperienza nel più colorato e allegro paese mai visitato.

Partii per un progetto universitario, una specie di "joint venture" tra due nazioni in materia scolastica, fummo selezionati in dieci in base a dei parametri ancora a me sconosciuti, fatto sta che l'estate del mio ventunesimo compleanno la passai a San Paolo! Tre mesi in Brasile, il progetto era una specie di gemellaggio, dove noi italiani eravamo ospitati nel campus estivo dell'Università di comunicazione e spettacolo della mega capitale.

Ogni giorno dovevamo tenere aggiornato un blog, una sezione dedicata del sito del Dams, dove raccontavamo la nostra avventura. Era più una ricerca antropologica che un vero e proprio interscambio, più una vacanza studio che un erasmus!

La mattina studiavamo portoghese, il pomeriggio c'erano classi di ballo, canto e recitazione.

Dormivamo in camerate miste con ragazzi provenienti da tutto il mondo. Ovviamente noi italiani decidemmo di stare ognuno in una camera diversa, per imparare alla svelta il portoghese e raffinare il nostro inglese con i molti statunitensi.

Io capitai con due ragazze svedesi, un olandese palestrato e una coppia di fidanzatini di New York.

In camera cercavamo di parlare portoghese, ma spesso le conversazioni trovavano un punto morto così cambiavamo lingua, soprattutto dopo le serate cachaca, chiamate così per il consumo alquanto smodato di caipirinha!

I corsi pomeridiani di spettacolo erano tenuti da neolaureati brasiliani, stimolati alla crescita dall'opportunità di insegnare, molto professionali sul lavoro, ma la sera diventavano nostri amici e ci facevano scoprire le migliori balladas di San Paolo. Questi locali non erano vere e proprie discoteche, erano più vicine alle nostre balere, ma frequentate da centinaia di giovani che ballavano e ascoltavano dal vivo una band.

Ogni sera era una festa all'insegna del divertimento e spensieratezza: sertanejo, forrò, samba, un ballo diverso ogni giorno.

Era facile che nel locale una ragazza brasiliana ci venisse a chiedere di ballare, per loro è normale, non c'è malizia, non concepiscono l'idea che un ragazzo senta quella musica e non balli, o peggio ancora stia seduto sopra un divanetto.

È immediato entrare nel clima, lasciarsi andare e provare a ballare, loro sono molto pazienti e la volta successiva sono pronte a fare i complimenti se c'è stato un miglioramento.

Belle, sode, sorridenti e disponibili, così potrei riassumere in pochi aggettivi le brasiliane, non facili, ma facilmente corteggiabili, attratte dal fascino romantico del furbo italiano. Ero stregato dalla professoressa di ballo, era l'attrazione fatta donna, difficilmente avrei potuto avvicinare una come lei in

Italia, ero intimorito, anche se aveva solo due anni più di me. Una sera, dopo due caipirinha, la invitai a ballare.

Nel locale un duo suonava sertanejo, qualche passo lo avevo imparato, in più ero sul brillo andante, diedi il massimo, con lei tra le mani mi sembrava di volare.

Tra un casqué e l'altro le sussurrai sull'orecchio: «Vocé è bonita.»

Lei mi sorrise e rispose: «Vocé è italiano.»

Aveva riassunto con una parola quello che pensava di me, ma non era una risposta negativa, di sicuro non si fidava molto ma le piacevo.

XXI
Una notte mentre dormivo

Una notte, mentre dormivo, fui svegliato da una sensazione di soffocamento, avevo quattordici anni.

Il cuore mi batteva all'impazzata, stavo morendo.

Mi alzai di scatto dal letto e corsi verso la camera dei miei genitori.

Nel corridoio che separava le due camere respiravo affannosamente, avevo il sentore di perdere ogni forza, e rimanere stecchito lì, con un secco infarto.

Arrivai in camera loro e mi sdraiai sul letto, proprio sopra le gambe di mia madre.

Loro, svegliati dalle mie urla e dal tonfo sul letto, non capirono che stavo morendo.

Papà non intervenne, come al solito mia madre cercò prima di tranquillizzarmi a parole, poi prese l'attrezzo con la pompetta per la pressione e me la misurò.

Effettivamente avevo la pressione alle stelle, mi diede due gocce di calmante, me la misurò di nuovo dopo qualche minuto. Era scesa.

Io, comunque, restai scosso sul letto, non parlavo, tremavo, avevo sfiorato la morte e avevo paura mi venisse a riprendere da lì a poco.

Mio padre s'infilò di nuovo nel letto scocciato di averlo svegliato per una cazzata.

Volli dormire con loro, in mezzo come quando ero piccolo, per sentirmi difeso, al sicuro da qualsiasi altro attacco della morte.

Poi, da lì a poco, dovetti crescere, provvedere alle mie cose, prendermi le mie responsabilità.

Diventai troppo grande per volermi sentire difeso, per ricevere sicurezza, conforto, appoggio, ero grande oramai per dormire nel letto in mezzo ai miei.

Che cosa vuol dire crescere? Fare degli studi consoni alle proprie prospettive professionali, avere un lavoro che dia una tranquillità economica, una relazione sentimentale stabile, una famiglia, dei figli, riuscire a dare un futuro a loro, accudirli, seguirli e lasciarli andare quando non hanno più bisogno di te?

Quando tu, dopotutto, hai realmente bisogno di qualcuno tanto forte da offrirti una spalla su cui appoggiarti?

Non so se riuscirò mai a crescere e portare avanti questo percorso. Non credo faccia per me.

Quando inizi a studiare, ti senti invincibile e credi di avere le idee chiare.

Quando invece stai per finire gli studi, cominci a pensare che hai perso solo tempo e che quel campo professionale poi non ti dà quegli stimoli che pensavi.

Così, inizi a lavorare e l'idea di fare tutta la vita la stessa cosa ti omologa, ti annoia, ti rende frustrato.

Ti sposi, convinto che sia per tutta la vita, fai dei figli per coronare questo sogno, sei felice o almeno credi di esserlo.

Più avanti nel tempo inizia a pesarti il non avere i tuoi spazi, la libertà di essere e seguire i tuoi interessi e anche gli stimoli cambiano.

Rischi allora di lasciare soli i figli, quelle creature per cui hai lasciato tutti e tutto, per ritrovare la tua strada, per non morire dentro, per non implodere in una relazione che ti chiude e ti de-personalizza, ti deprime.

Allora dai la colpa al partner, al lavoro, al traffico, ma il tempo è passato e ti devi reinventare quando oramai non hai più le forze, sentendoti sempre più lontano dai tuoi figli che, nel frattempo, crescono e ti vedono una volta alla settimana, sempre più annoiati di stare con te, un appuntamento fisso, non organizzato per loro volontà, ma da una sentenza giudiziaria.

XXII
Cammino di nuovo tra le strade di Londra

Cammino di nuovo tra le strade di Londra e dopo anni si respira la stessa aria, sembra non esser cambiato nulla.

Il tempo, la pioggia, la gente, le sfumature di grigio che contrastano le creste colorate dei nuovi ragazzi ribelli.

Domani è un gran giorno, andremo a visitare il nostro studio, faremo un set up di tutto stilando una lista di cose da acquistare. In questi giorni programmeremo ogni nostro movimento futuro. Posate le valigie in hotel, siamo di nuovo nel caos di Piccadilly alla ricerca di un pub.

Abbiamo davvero una gran voglia di distrarci, questo periodo è stato duro per tutti.

«Ehi, ragazzi, entriamo lì» grida tra la folla Daniela.

Mi giro dove indica lei, vedo un pub dalle vetrine verde bottiglia, carino, e la seguiamo dentro.

Luci soffuse, soft music di sottofondo e tanta gente animano il locale.

Ci sediamo al bancone, ordino per tutti una Pale Ale, voglio che anche gli altri provino la qualità delle birre inglesi.

Nell'attesa, mi alzo per andare in bagno.

Nemmeno il tempo di entrare che rimango affascinato da una ragazza, i nostri occhi si incrociano, mi blocco davanti a lei, stregato, derubato di qualsiasi facoltà vitale.

«Can I help you? Hi, Sir, are you ok?»

«Ehm... sì sì» le rispondo balbettando in italiano.

«Potrebbe essermi utile, utile a riprendermi da cotanta bellezza.»

Lei sorride, è italiana, ha capito.

Riesco ad abbassare il mio sguardo distogliendolo dai suoi occhi e vedo la sua maglia nera con su il logo della Guinness.

«Ti piace così tanto questa birra da comprare una maglia sponsorizzata?»

Lei sorride di nuovo, mi guarda, si scusa e se ne va.

Rimango immobile qualche secondo, il tempo necessario per mettere a fuoco che lei sta lavorando lì.

Vado dal manager e gli chiedo se avessero bisogno di un cameriere.

«Lei è davvero sicuro di voler lavorare in questo pub?»

«Si!» gli rispondo alzando la voce.

«Bene» mi dice facendomi il segno con l'indice della mano, «quel ragazzo ci ha dato le dimissioni proprio ieri, se vuoi, puoi fare una prova, vieni domani alle 7:00.»

«Oggi non si può?»

«Ehm beh, certo, ma non hai un abbigliamento adeguato.»

«Cosa dovrei indossare?» gli chiedo.

«Pantaloni neri, scarpe nere, la maglia te la diamo noi.»

«Benissimo, aspetti cinque minuti!».

Esco dal pub facendo attenzione a non farmi vedere dagli altri. Sono a Oxford Circus, mi guardo intorno e vedo un mega negozio di abbigliamento: Primark.

Entro, compro di corsa il necessario senza nemmeno provarlo e torno al pub.

«Eccomi! Sono pronto» dico dando una pacca sulla spalla del manager che rimane sorpreso della mia velocità e determinazione.

Esclama un solenne «Oh my God.»

Così, mentre mi dà la maglia col logo della birra, gli chiedo se potesse affiancarmi alla ragazza mora italiana per il training, lui annuisce.

«Hai le idee chiare, ragazzo, mi piaci, ma sei qui per lavorare e qui si lavora duro! Hai mai lavorato come cameriere?»

«Certo» rispondo paventando sicurezza.

«Scusami, ma ultimamente mi sono capitati solo casi disperati, di uomini falliti che pur di guadagnare si improvvisano camerieri!»

«Beh capisco...»

Riesco solo a guardare le sue labbra che si muovono lentamente, poi mi comincia elencare la numerazione dei tavoli, i piatti principali dei menu, le birre artigianali poi si blocca bruscamente.

«Mi stai ascoltando o fai finta? Perché mi fissi? Sembri un ebete! Ripetimi la numerazione dei tavoli!»

Gliela ripeto senza sbagliare.

«Ah, allora non sei stordito come sembri.»

Le sorrido ma ci chiama il capo.

«Dai ragazzi lavorate, basta con le chiacchiere che il pub si sta riempendo!»

Lei fa un gesto di stizza.

«Cosa fai lì impalato, prendi il secchio, quei prodotti là sotto e vai a pulire i cessi» mi urla.

Parole urlate quasi con disprezzo: prendo il secchio e vado, oramai sono dentro la parte non posso tirarmi indietro.

Entro nei bagni con mocio e secchio, entro di spalle avendo le mani occupate, vado a sbattere contro qualcuno che esce.

«Che cazzo stai facendo?»

Adriano, con gli occhi spalancati, mi guarda stupito.

«Niente, poi vi spiego.»

«Ma cosa cazzo devi spiegare? È un'ora che ti stiamo cercando, potevi almeno dire qualcosa? E poi come cazzo sei conciato, che ti sei messo a fare?»

È arrabbiato ma, vedendomi imbarazzato, è scoppiato a ridere!

Io sono rosso dalla vergogna!

«Va bene, non ti faccio più domande, noi ce ne andiamo. Mi raccomando domani alle 10:00 dobbiamo stare in Radio!»

Faccio un cenno per rassicurarlo ed esce.

Non trottavo così da dieci anni, i ritmi di un pub londinese sono assurdi!

Fiumi di gente che entrano ed escono all'unisono, musica alta, risate e grida goliardiche.

Cerco di tenere il passo della cameriera, ma non riesco, lei sempre fredda e acida con me, come se la rallentassi.

Finalmente finisce la serata, il pub chiude e mi ritrovo a fare le pulizie finali con lei che mi dice: «Devo farti i complimenti, per la tua età hai resistito molto bene!

«Ehi, quale età? A trenta anni sono ancora un pischello! Scusa, ma tu quanti anni hai?»

«Beh, quanti me ne dai?»

«Ventisei.»

«No, hai sbagliato e anche di molto. Ho appena compiuto diciannove anni.»

«Cosa? diciannove anni? Me lo potevi dire prima!»

«Perché ti avrei dovuto dire la mia età prima? E poi prima di cosa?»

«Cazzo, prima che decidessi di mettermi i panni di un cazzo di cameriere!»

Ero arrabbiato, come se la sua risposta mi avesse ferito, la sua età aveva rovinato i miei piani.

«Beh, scusa se ho diciannove anni, ma poi, se ti avessi detto prima quanti ne avevo, non avresti chiesto di lavorare? A me sembravi solo uno dei soliti disperati!»

«Ma chi cazzo avrebbe mai fatto il cameriere, ho mille cose da fare, sono qui perché mi hai colpito, sono rimasto completamente senza parole quando ti ho visto.»

«Cosi hai deciso di lavorare stasera per conoscere me?»

«Sì!»

«Oddio, che cosa ridicola!» e scoppia in una risata sguaiata!

Orgoglioso come sono, mi offendo, lascio la scopa per terra e mi avvio agli spogliatoi.

Lei mi prende per un braccio, stava ancora ridendo!

«Che cazzo hai da ridere? Chi ti credi di essere? Scusa, ho perso già troppo tempo, vado via!» le dico.

«Ma dove vai? Fai l'uomo e finisci di corteggiarmi.»

XXIII
La guardo da lontano

La guardo da lontano, ero arrivato già al bancone.

«Dai, vieni che finiamo e usciamo insieme.»

«Guarda, ne ho abbastanza di farmi prendere per il culo.»

«Vaffanculo, scherzavo.»

Scoppio a ridere, la situazione è surreale, ho perso una serata lavorando come uno schiavo per farmi prendere per il culo da una mocciosa, ma metto da parte il mio orgoglio per far posto a mille possibili pieghe che può prendere la serata.

Vado a posare il secchio, abbiamo ultimato le pulizie, mi chiama il proprietario, tira fuori cinquanta sterline, mi ringrazia del mio lavoro, mi fa un discorso strano concludendo che preferisce un cameriere più giovane e veloce.

Quasi contento gli stringo la mano ed esco. Lei mi aspetta fuori con la busta dei miei vestiti.

«Posso sapere come ti chiami?» le chiedo.

«Dopo otto ore mi chiedi come mi chiamo, certo che sei strano.»

«Io alla bellezza non do nome.»

Lei continua a ridere sguaiatamente fino a piegarsi.

«Dai basta, mi piscio addosso per il ridere, ma da dove cazzo sei uscito? Comunque, piacere Arianna.»

Rido anch'io.

«Carlo, piacere».

Ci fermiamo a prendere qualcosa da bere all'off-licence, scelgo una birra.

«Non prenderai mica quella merda, poi con quattro gradi che cazzo ci facciamo? Ci penso io!»

Poso la birra, torno alla cassa, e lei ha già preso una bottiglia di vodka e una lemon soda.

La guardo, sbarro gli occhi.

«Ma scusa, quanti siamo?»

«Vecchio! Siamo io e te!»

Pago mentre lei esce per telefonare.

«Giò, sto con un tipo strano, carino, diciamo maturo che se dico vecchio si offende ahahah»

La guardo malissimo ma continua.

«Aspetta, glielo chiedo.» Si rivolge a me.

«Ehi tu, quanto ce l'hai lungo?»

Arrossisco di botto.

«Che cazzo c'entra, ma con chi parli, a cosa vi serve?»

«Dai stai al gioco, questo è il tuo giorno fortunato.»

Una vampata di calore mi scende fino ai testicoli.

«Una misura normale, accettabile, nessuna si è mai lamentata, ma a cosa serve? Non sto tutti i giorni col righello!»

«Giò, ha un bel naso e mani lunghe, dovrebbe esser messo benone.»

Si gira, l'interlocutore le dice delle cose che non riesco a capire poi Arianna dice: «Dacci dieci minuti e siamo da te.»

Chiude la comunicazione.

Ogni domanda è superflua: senza parlare la seguo, seguo il suo profumo, la sua sfacciataggine, la sua arroganza, il suo modo di stare a testa alta come se conoscesse già tutto il mondo.

Le uniche parole che proferiamo sono «Passami la bottiglia», il resto è un gioco di sguardi di trovata intesa.

Giò ci apre la porta, è in tuta, in vesti da casa ma truccata e con i capelli biondo platino legati alti.

Un profumo intenso colpisce subito i miei sensi, un misto di vaniglia e spezie.

I suoi occhi azzurri ci guidano nel buio della casa, grandi come fari in piena notte, arrivati al salotto con un cenno ci fa sedere. Restiamo in silenzio, io e Arianna sorridiamo e ci continuiamo a passare la vodka che sta facendo i suoi primi effetti.

I nervi si distendono, l'eccitazione sale.

Un calore improvviso ci offusca riflessi e raziocinio, il tempo di un altro lungo sorso e siamo avvolti l'uno nell'altra, in un'atmosfera soffusa di candele e un paio di luci rosse puntate ai muri dipinti.

Giò torna con un piccolo sacchetto: «Ne è rimasta un po' dal party di ieri.»

Appoggia sul tavolo da tè una bustina di polvere bianca, effettivamente c'è poca roba, ma io non mi curo di lei e del suo estratto di droghe, sono già senza maglia, appoggiato sui cuscini del morbido divano, leccato dalla calda lingua di Arianna che inizia a mordere i bottoni dei miei jeans.

«Ehi, Arianna, lo vuoi tutto per te? Fai giocare anche me! Prendi questa fascia e bendalo!»

L'insolente cameriera prende la fascia rossa, mi guarda, sorride e mentre oscura la mia vista mi sussurra: «Vuoi un po' di coca?» Riuscendo a vedere solo un po' di luce rossa filtrata dal tessuto di seta, rispondo: «No, meglio di no, non l'ho mai fatto.»

Biascico le parole, sono poco credibile, perché in un attimo Giò mi mette in mano un tubicino di plastica.

«Infilalo in una narice, chiudi l'altra con la mano e sniffa forte.» Sono titubante.

L'alcool mi fa essere più disponibile a provare, e non vorrei in alcun modo rovinare quest'atmosfera di pura eccitazione.

La polvere mi gratta un po' la gola ma scende con un gran bel respiro profondo, rimango immobile per qualche istante, Giò si fionda sulla mia faccia a leccare i resti sul mio naso, mettendomi poi la lingua in gola, con una foga assassina.

Non so, sinceramente, quali sensazioni in particolare mi provochi la droga, forse in questo stato di semi incoscienza mi amplifica quel benessere che straripa a ogni carezza o graffio.

Sono nudo, completamente nudo, sento le loro lingue che leccano il mio ventre, voglio guardarle, mi tolgo la benda e sono lì, sotto di me, che si baciano e succhiano a intervalli il mio pene gonfio come non mai.

«Facciamolo venire subito almeno dopo ci distrugge» dice Arianna all'orecchio di Giò, tenendo gli occhi su di me così che anch'io possa capire.

«Aspetta, ho una cosa che ha lasciato un cliente, uno spray alla lidocaina, vedrai quanto durerà!» risponde Giò alzandosi dal divano. Poi riprende: «Spostiamoci in camera, venite.»

Mi sdraio al centro di un letto rotondo, mi sembra immenso, arriva Arianna con una bottiglia in mano.

«Ehi, daddy, finisci questa poca vodka!»

«Ti eccita scopare un trentenne, troia!» le dico.

«Devi ancora dimostrare di saperlo fare... continua a chiamarmi troia, che mi piace.»

Le prendo i capelli e la sculaccio, prima piano poi sempre più forte, il suo sedere sodo e piccolo fa un rumore acuto e netto, a ogni colpo lancia un gemito che diventa urlo non appena imprimo un po' di forza.

Torna Giò con un piccolo spray, Arianna le dice: «Dai, Giò, lascia perdere quel cazzo di spray!»

Giò nemmeno la ascolta, mi spruzza sul glande quel composto alla lidocaina.

Passano dieci secondi ed è come se non lo sentissi più, una sensazione strana, quasi addormentato, ma è comunque teso e duro, chissà che cosa ci sarà stato dentro quella bottiglietta oltre la lidocaina.

XXIV
Trovarsi a Londra e ascoltare Battiato

Trovarsi a Londra e ascoltare *Strani giorni* di Battiato ha un sapore mistico, mi ritrovo catapultato in me stesso, alla mercé delle mie emozioni contrastanti.

Viviamo strani giorni, basta guardare il cielo a volte così limpido e chiaro da restare spaventati da un'offerta così grande da non poterne usufruire.

Dentro ti trovi rigidamente rinchiuso e certe volte cerchi il buio per contrastare la felicità.

Ci sono dei momenti in cui non sappiamo convivere con la felicità, un sentimento così chiaro e limpido come questo cielo sopra i miei occhi, così caldamente presente da voler entrare di forza in me, preso a difendermi dall'esterno, attanagliato dalla paura di non saper apprezzare e godere del momento.

Prendo in mano il progetto che andremo a organizzare tra qualche ora, lo ricontrollo ancora una volta, meticolosamente cerco di distrarmi da se stesso.

Mi riesce bene controllare tutto, emozioni comprese, ma dopo gli ultimi avvenimenti mi sta sfuggendo di mano un po' tutto, ho attimi di sensazioni assurde, così veloci e forti da non riuscire a catalogarle e giustificare.

Soprattutto durante la notte, un attimo prima di addormentarmi, quando il mio corpo e la mia mente si rilassano, nell'attimo in cui l'incoscienza libera dal calderone le diverse emozioni.

Apro gli occhi con uno spasmo improvviso, rimango senza fiato, m'irrigidisco, mi perdo, non mi riconosco, non focalizzo più il mio scopo, la strada da seguire: oggi, per esempio, ci ho messo un po' per capire dov'ero.

Mi sono svegliato in un letto rotondo e con due donne.

Per fortuna quello stato è durato pochi secondi, ma sembrava infinito: perdere il contatto con la realtà è devastante, tutto perde senso, le persone e le cose intorno risultano prive di forma.

Ho dormito pochissimo, sono arrivato in taxi in hotel.

Mi sono fatto una doccia al volo, ho preso tutti i miei appunti e sono andato a incontrare i miei colleghi.

Adriano, appena mi vede, toglie gli occhiali: «Madonna che faccia, sembra che non hai chiuso occhio, stanotte.»

«Ho dormito poco per via dell'allergia, certo che la mia camera è piena di polvere, acari.»

«La mia era divina, mai soggiornato in una stanza così pulita a Londra» si intromette Daniela, con un caffè in mano.

«Ah, grazie, mi hai preso il caffè.»

Glielo tolgo dalle mani. Adriano ride, lei mi guarda malissimo, accenna un sorriso e va a prendersene un altro.

Ci sediamo nella hall per un piccolo briefing, ricordandoci i giri che dobbiamo fare oggi, i contratti da stipulare e conoscere soprattutto le persone che ci aiuteranno in questa avventura. Torniamo in hotel dopo dieci ore in cui abbiamo girato la città, abbiamo visitato lo studio che tra poche settimane ci accoglierà, è veramente carino, c'è anche lo spazio per una mini-esibizione acustica dal vivo.

Lo staff della radio è stato davvero gentile e cordiale, professionale al massimo, abbiamo fatto una messa in onda di prova collegandoci in diretta su RadioStyle.

È stata la prima volta in cui viene sponsorizzato il programma.

È stato emozionante parlare nuovamente al microfono, vedere la luce rossa che si accende.

Adriano, dalla cabina regia, mi ha alzato i pollici per assicurarmi che stava andando tutto alla perfezione.

Ho avvertito quella tensione mista a eccitazione negli occhi di Daniela, sembrava una bambina al primo giorno di scuola.

Finito il mio intervento c'è stato un grande applauso da parte di tutti, come a sancire la fine del primo atto di una commedia che lascia presagire un gran secondo tempo.

Usciti dalla radio ci siamo fiondati all'appuntamento con il padrone di casa. L'appartamento dove trascorreremo questi mesi è vicino alla radio, nella zona di London Bridge.

Le stanze sono grandi e luminose, ognuna delle quali con letto doppio, TV e bagno "en suite".

La cucina è open space e si apre su un grande soggiorno con due bei divani e un tavolo centrale in legno rosso scuro.

La cosa che mi ha colpito di più è stato il terrazzo. La vista è mozzafiato, si scorge la city e il Tower Bridge a breve distanza.

Abbiamo firmato il contratto, bevuto un tè con il proprietario di casa e siamo usciti complimentandoci ancora per la bellezza della casa.

Ci siamo fermati poi a mangiare da *Strada,* presso il London Bridge: uno spettacolo assistere al tramonto attraverso le grandi finestre del ristorante che colorava il Tower Bridge.

Eccoci in hotel, nuovamente, una doccia al volo poi ci aspetta il nostro gancio, il manager di molti artisti internazionali in un locale di Camden Town, il Proud.

XXV
Prima di entrare nel locale

Prima di entrare nel locale, Daniela si accerta che il manager ci stia già aspettando dentro.

Brian non risponde al telefono da venti minuti, così entriamo ugualmente.

Chiediamo a un barman che ci indica un tavolo, l'ultimo in fondo, quasi nascosto c'è lui con due ragazze al fianco, non troppo vestite.

Mi avvicino.

«Buonasera, Brian, sono Carlo, abbiamo comunicato tramite e-mail in queste settimane.»

«Ah sì, Carlo. Perdonatemi cinque minuti, andate intanto a prendere da bere, vi raggiungo io al bancone.»

Lo ringrazio, gli stringo la mano e lo lascio flirtare con le due ragazze.

Ci avviciniamo al bancone e ordiniamo un cocktail. Sento subito l'effetto dell'alcool, mi cala l'adrenalina e subentra una stanchezza incredibile, mi si chiudono gli occhi.

«Carlo, tutto ok?» mi chiede Adriano.

«Sì sì» esclamo aprendo gli occhi di colpo.

È un'ora che aspettiamo, intanto una band suona da dieci minuti del rock duro, insistente, fastidioso.

Ordino il terzo drink e, invece di rilassarmi, inizio a innervosirmi, stanco, assonnato, infastidito dal menefreghismo di quell'uomo che ci tiene ad aspettare mentre lui tocca culi e riceve baci dalle due belle galline.

«Basta, non ne posso più, ma chi cazzo si crede di essere!» Adriano spalanca gli occhi.

«Che cosa vorresti fare? Dai, aspettiamo!»

Non lo ascolto nemmeno, mi alzo e, infuriato, mi dirigo verso Brian. A un metro di distanza mi riconosce.

«Ehi, mi ero dimenticato di voi!» Me lo dice sorridendo: mi blocco, non parlo, ma sarebbe dovuto bastargli il mio sguardo per fargli capire cosa stavo pensando.

Cambia espressione, si scusa e manda via le stupide che, con far da bambine offese e imbronciate, si mettono a braccia conserte di fronte a lui.

Le guardo e le dico: «Non avete capito? Alzate il vostro bel culo!»

Andando via mi mostrano il dito medio. Chiamo con un cenno i miei colleghi, aspetto il loro arrivo e inizio il mio discorso.

«Spero non succeda più una cosa del genere, ci hai mancato di rispetto, ti sei scusato, è tutto ok ma ricorda che noi siamo qui per lavorare e non per cazzeggiare quindi, se vogliamo collaborare, alla base ci deve essere rispetto.»

Lui non dà troppo peso alle mie parole, si gira distratto e mi risponde: «Ricorda che vi sto aiutando!»

«Il bonifico l'hai ricevuto una settimana fa, il tuo aiuto è profumatamente pagato, quindi togliti quel sorrisetto e cominciamo a lavorare» dico sarcastico.

Credo mi avrebbe voluto spaccare la faccia, tutti i giorni ha a che fare con artisti di calibro internazionale, davanti a lui ha un "Signor nessuno" che esige rispetto.

Fatto sta che diventa serio e cominciamo a organizzare le prime interviste, farci suggerire alcuni nomi importanti e pianificare le date in base al periodo di uscita degli album da promuovere.

Un giorno un mio amico mi disse che le migliori amicizie nascono da un litigio: beh, non so se è proprio vero, ma nello scontro vengono fuori parti importanti di noi stessi.

Il confronto, anche se brusco e animale, è una forma di conoscenza e questa sera mi son fatto subito conoscere e di sicuro da ora in poi avrà più rispetto di me e del nostro lavoro.

«Ragazzi» dice Brian a un certo punto, «ascoltate questa ragazza cantare, sta per fare un boom pazzesco, è di un altro livello, un po' particolare, ma ogni artista lo è!»

Sul palco sale una tipa che inizia a esibirsi: ha i capelli color carota, esile ma formosa allo stesso tempo, la sua voce emana energia, la sua musica è un miscuglio di stili, non riesco a dare una collocazione esatta, è musica che entra senza alcun filtro e la sua voce irrompe come un mare in tempesta su scogli isolati.

«Come si chiama?» chiedo.

«Carrot's eyes, il nome d'arte, di battesimo Denise Sullivan.»

«Irlandese?»

«Sì, credo.»

Rimaniamo in silenzio, tutti con la bocca aperta, e Brian prosegue: «Stiamo lavorando al suo primo album da professionista, uscirà per settembre/ottobre, che ne dite di inserire anche lei nel programma delle vostre interviste?»

Siamo un po' titubanti, ci guardiamo come a cercare consensi.

«Noi veramente siamo venuti qui per intervistare star affermate della musica internazionale» dico. Brian mi blocca.

«Ragazzo, credimi, lei lo diventerà e voi avrete la sua prima intervista esclusiva, fidatevi, si parlerà molto di Carrot!»

«Ok, ne riparleremo a settembre, per il momento mettiamola tra virgolette.»

Lui si fa una risata, mi dà un colpo sulla spalla e ci dice: «Ragazzi, è stato un gran piacere parlare con voi, mi sembra che come primo incontro sia andato benissimo, vi terrò aggiornati sugli artisti, e comincerò a far firmare contratti di interviste esclusive, fine ultimo la sponsorizzazione dei loro album in uscita, grazie della chiacchierata ma devo andare.»

Si volta e nel giro di pochi secondi è già a braccetto con due tipe diverse.

XXVI
Ho deciso di rimanere a Londra

Ho deciso di rimanere a Londra.

I ragazzi, non troppo stupiti dalla mia scelta, mi salutano con grande calore.

Io seguirò da qui il progetto, loro finiranno gli ultimi preparativi dall'Italia.

In fin dei conti, mancano solo poche settimane all'inizio del programma, devo entrare nel mood della città, comunicherò con l'ufficio via Skype.

E poi ho bisogno di tempo per me.

In questi giorni ho vissuto grandi emozioni, avevo necessità di stare lontano da casa, dal mio guscio.

Luca è dappertutto, una presenza costante addolcita da questi luoghi e questo sole londinese.

Parlo proprio di sole. Splende moltissimo, non sta piovendo e non è mai estremamente caldo, i parchi sono presi d'assalto, e le persone sono molto sorridenti.

Peccato che l'estate qui duri un paio di settimane, il resto dell'anno prevale un grigiore che attanaglia gli occhi e intorpidisce i sensi.

Mi sdraio, il sole sta per calare, sono le 20:00 e Regent Park sta per offrirmi un tramonto meraviglioso.

Una musica mi distrae, un sottofondo di chitarra e una voce sottile, non voglio voltarmi, sento poi applausi, mi innervosisco, voglio silenzio e godermi il mio tramonto.

Incuriosito, alla fine mi volto e vedo decine di persone intorno a una ragazza con degli occhialoni neri che abbraccia una chitarra acustica.

Effettivamente è brava, guardo bene, mi sembra di conoscerla, quei capelli rossi, quella voce, era Carrot, la cantante dell'altro giorno che si esibiva in quel pub.

Mi avvicino, sta cantando *Sex on fire* dei Kings of Leon. Incredibile voce ed energia, questa ragazza ha davvero stoffa da vendere.

Resto, sono affascinato da tanta bravura, ogni tanto i miei occhi incrociano i suoi ed è come un invito a lottare, a cadere e poi rialzarsi ancora più forti di prima.

Una certa eccitazione si impossessa di me, una voglia spasmodica di cantare con lei, di trovare una sintonia musicale. Non faccio passare troppo tempo, l'atmosfera che si è creata è surreale.

Così, cantando, armonizzo le linee della sua magica voce.

Mi avvicino ancor di più a lei, tutti si voltano a guardarmi, siamo entrati nel pezzo, ci scambiamo sguardi di approvazione, di stima, poi la canzone arriva alla fine, lei vocalizza dolcemente e io armonizzo fino all'ultimo accordo, quasi pizzicato.

Scroscia un applauso e io, come immobilizzato, non stacco gli occhi da lei, che mi passa la chitarra e mi dice: «Fai vedere che cosa sai fare.»

Panico.

Ora sento tutti gli occhi puntati, balbetto qualcosa e torno di colpo alla realtà: lei è la star, io un coglione qualsiasi trovatosi lì per caso.

Le restituisco la chitarra, la ringrazio senza riuscire a reggere il suo sguardo, mi alzo e torno alla panchina, dove ho lasciato la mia giacca.

Guardo solo per un attimo ancora i suoi occhi: «Thanks for coming».

Le rispondo con un sorriso imbarazzato e vado via. Mi sdraio nuovamente e chiudo gli occhi cullato dalla sua musica.

«Che fai qui tutto solo?»

Mi volto di scatto, è lei, si siede vicino a me. Mi stropiccio gli occhi e mi ricompongo, mi tende la mano.

«Piacere, Carrot.»

«Lo so» dico stringendole la mano.

«Come fai a saperlo?»

«Ti ho visto l'altra sera al Proud, ero lì col tuo manager.»

«Di cosa avete parlato, hai per caso una band anche tu?»

«Non proprio, piacere comunque, mi chiamo Carlo.»

Lei sorride, imbarazzata: «Piacere.»

«Il tuo manager mi ha parlato molto bene di te, crede che tu possa fare successo, a dir la verità ha ragione, hai del talento.»

«Carlo, grazie delle belle parole, ma non è facile, sono anni che inseguo questo sogno, far conoscere la mia musica, ma non è semplice.» Si blocca per un attimo, abbassa la testa e continua.

«Ho deciso di cantare nella vita perché è l'unica cosa che amo fare, vivo di emozioni e talvolta questo mi rende fragile vulnerabile.» Rialza la testa e mi guarda fisso negli occhi.

«Quindi eccomi, se canto lo faccio per me, non per smanie di successo.»

«Credo sia giusto avere degli obiettivi, ma molte volte le cose non dipendono totalmente da noi, e sai benissimo che il mondo della musica non è un mondo semplice» le rispondo un po' amareggiato, so di cosa sta parlando.

«Mi vuoi dire perché eri al Proud l'altra sera? Chi sei?»

«Sono un presentatore radiofonico, tra poco inizierò a trasmettere proprio da qui per un'emittente italiana.»

«Perché parlavi con quel malato del mio manager?»

Scoppio a ridere.

«Malato, perché malato?»

«Perché è un maiale, si scoperebbe qualsiasi cosa.»

«Beh, spero non abbia puntato il mio culo!»

Scoppiamo a ridere.

«A parte gli scherzi, lui mi farà avere artisti di fama internazionale ospiti alle mie trasmissioni.»

Lei mi guarda incuriosita, mi prende la mano: «Posso venire anch'io?»

«Mi farebbe piacere, ma ho paura che tu non sia abbastanza famosa per presentarti al pubblico italiano.»

Sono in imbarazzato.

«Non intendevo come ospite, venire come spettatrice, mi farebbe troppo piacere darti una mano, insomma aiutarti.»

Fruga nella sua borsetta e mi porge un cd.

«Questo è il mio ultimo lavoro, ancora deve uscire, ma mi farebbe piacere che tu lo ascoltassi, ecco anche il mio numero.» Mi porge il suo biglietto da visita.

«Chiamami una volta terminato l'ascolto e dammi una tua opinione.»

Non mi dà neppure il tempo di salutarla, si alza e va via, Carrot.

XXVII
Sto affogando

Sto affogando, annaspo, vado sotto, bevo, torno sopra, cerco di urlare ma la bocca è piena d'acqua.

Mi sbraccio nel disperato tentativo di attirare l'attenzione, la spiaggia è davvero troppo lontana e le barche sono già rimesse in vista della notte.

Esce finalmente un urlo, ma niente, torno sotto, il cuore corre frettolosamente, le forze stanno per cedere.

Passano secondi che durano eternità, lotto contro le correnti che mi spingono in basso, che mi risucchiano, che mi dilaniano. Sento di non farcela più, bevo, spingo ancora la testa fuori dall'acqua, urlo, sento un'altra voce.

C'è qualcuno. Vedo un uomo su una barca a decine di metri da me, mi ha visto, muove le braccia, urla ancora.

Mi calmo, sono salvo.

Torno in me, il panico sparisce, il mio corpo è di nuovo rilassato, gli faccio cenno che va tutto bene, nuoto fino a riva.

Non so perché decisi di nuotare a largo, normalmente lo facevo in compagnia, quel giorno andai da solo, consapevole del pericolo e dei ripetuti attacchi di panico di quel periodo.

Era bastata una lieve corrente, un vento più insistente e, quando mi sono voltato, la spiaggia sembrava così lontana, impossibile da raggiungere.

Potevo morire. Potevo morire per una cazzata.

La mente fa brutti scherzi, fa spazio a i pensieri negativi, ti prende per il collo, ti doma manomettendo la realtà.

Avevo le pinne, non sarei mai annegato, ma la sensazione di non farcela era così forte, così vera.

Quindi lottavo contro il nulla, perdevo le forze e mi sbracciavo per nulla, quando invece potevo fermarmi, mettermi in posizione orizzontale e aspettare un attimo che le correnti e il mio cuore si placassero

Non c'era pericolo, ma io lo sentivo.

Da quel momento, ogni volta che affronto una nuova sfida, lo faccio con un atteggiamento diverso.

Non posso bloccare il flusso dei pensieri. Come quelli positivi, anche i negativi devono essere liberi di correre nella mia mente. Non li posso togliere, non devo, perché quando lo faccio, proprio in quel momento li porto a galla e li metto in vita.

La realtà resta la stessa, ma il modo in cui la affronto poi cambia. Antony de Mello mi ha insegnato tanto con i suoi libri sul pensiero positivo.

Positive Thinking, la canzone che sto ascoltando parla proprio di lui.

Carrot ha talento. La sua musica è un tessuto che collega strati di ricordi, pensieri e sentimenti.

La sua voce entra come un treno in una galleria senza luci, senza segnali, senza uscita.

Mi ritrovo a viaggiare con i pensieri, come questo, che sfiorano ferite ormai rimarginate.

Sorrido. È una bella sensazione.

Ne ho viste di cose. Sono cresciuto.

È incredibile come Carrot possa, con la sua musica, entrare così in profondità da far star bene.

Asciugo una lacrima, il CD è finito. Torno a lavorare.

XXVIII
Chiudo il telefono

Chiudo il telefono, salto e urlo dalla gioia. Brian, il manager, ha organizzato quattro interviste.

La prima diretta, dallo studio di Londra, sarà fra tre settimane. Da lì in poi avremmo un mese di lavoro intenso, ogni settimana una band inglese diversa sarà intervistata da noi e dai fan.

Chiamo Vittorio, poi parlo con Sandro.

Siamo tutti al settimo cielo ma c'è tanto lavoro da fare. Queste tre settimane saranno durissime.

Dopo dieci minuti, mi chiama Daniela.

«Non posso crederci ancora, intervisteremo gli Arctic Monkeys, che emozione. Ho già pubblicato il post su Facebook, prendo i biglietti aerei per dopodomani, abbiamo appena lanciato Style TV, è una "figata", porterò una telecamera Wi-Fi che si connetterà al nostro server, faremo dirette da Londra. Oddio non sto più nella pelle».

Entusiasta del progetto e di quel che mi sta riservando il futuro, mi fermo in un pub a bere un bicchiere di vino, vorrei rilassarmi questa sera, da domani dovrò essere concentrato sul mio lavoro. Vado al bancone, ordino il vino, alzo gli occhi. Guardo meglio la cameriera, mi accorgo dei suoi capelli rossi.

Mi viene in mente che devo chiamare Carrot!

Di colpo mi torna in mente la promessa che le ho fatto, di chiamarla non appena ascoltato il suo album. Mi siedo, sorseggio il vino e la chiamo.

«Ciao, Carrot, sono Carlo, ho ascoltato il tuo album.»

«Ciao, dove sei?»

«Sono al Notting Hill Garden Pub»

«Aspettami, sto proprio dietro l'angolo, ordinami un G&T, per favore.»

Entra nel pub correndo e urlando.

«Oddio, un terrorista, c'è un terrorista qua fuori!»

Mi alzo, tutti si alzano dai tavoli.

Un secondo di gelo e silenzio, le corro incontro, mi affaccio.

C'è un tizio con un coltello in mano che urla all'impazzata. Il cameriere chiude la porta del pub con due mandate.

Siamo al sicuro. Nel giro di pochi secondi la polizia arriva, circonda l'uomo e lo arresta.

Siamo tutti scioccati, quel tipo non ha ferito nessuno, ma la paura che lo facesse, visti i recenti avvenimenti, è stata immensa. Abbraccio Carrot, ci sediamo, il suo G&T è sul tavolo, lo beve tutto, senza respirare, ha ancora le lacrime che scendono sul suo bel viso.

«Rilassati, va tutto bene, va tutto bene, ora!»

«Carlo, dopo gli attentati di London Bridge e alla metro di Camden, le nostre vite sono cambiate, c'è sempre quest'angoscia costante di trovarsi coinvolti in episodi come quelli. Londra ha paura, una città super organizzata che non può controllare e prevedere eventuali attacchi. È tutto così assurdo. Morire per mano di un cazzo di terrorista. No, non mi ci abituerò mai.»

«Carrot, capisco il tuo stato d'animo, ma non possiamo vivere la nostra vita nella paura. Noi, Londra, il mondo intero deve continuare ad andare avanti. Loro vogliono questo, il terrore, quel terrore che blocca le nostre vite, non diamogli soddisfazione.»

Mi alzo, torno al bancone e prendo altri due drink.

Lei mi sorride; in poco tempo torna la serenità e la luce riappare forte nei suoi occhi.

Continuiamo a bere e parlare, ridere e prenderci in giro.

Le racconto della mia forte emozione nell'ascoltare la sua musica, della profondità della sua voce e dei messaggi che non lasciano scampo a riflessioni.

«Tra due settimane uscirà il primo singolo, ho il terrore che non piaccia, sento che sarà l'unica possibilità che avrò per farmi conoscere, affermarmi e magari per vivere il resto della mia vita di musica.»

Carrot parla con gli occhi lucidi pieni di aspettative e preoccupazioni.

«Dolcezza mia, perché non ti godi il momento? Hai lavorato tanto per arrivare dove sei finora, andrà alla grande, stai tranquilla. Poi, se non andrà come previsto, allora vuol dire che non era ancora il momento, non scoraggiarti, continua e lotta. Potrai comunque vivere di musica, anche se non sarai famosa, anche se non sarai milionaria. Hai le capacità per fare della tua vita il tuo sogno».»

Lei si alza dal suo divanetto, si siede accanto a me, mi abbraccia, mi sussurra qualcosa che non riesco a cogliere e mi bacia.

Carrot accende quattro candele, mi porge un bicchiere di vino.

«Ti piace questo jazz?»

Neanche il tempo di rispondere che lei apre la zip del suo vestito. Di fronte a me un fiocco di neve, soffice, chiaro, soave.

La testa gira e lei sopra di me, mi bacia dolcemente, la accarezzo, la stringo forte.

«Ho voglia di stare così tutta la notte» mi dice con un filo di voce.

Un brivido percorre la mia schiena, era quello che volevo, forse con la persona sbagliata. Penso a Giulia. Mi addormento.

XXIX
In una sola settimana

In una sola settimana la pagina Facebook di Radio Style è cresciuta del 500%, da 100.000 follower a mezzo milione. Migliaia di richieste sono state mandate ed è arrivata l'ora di scegliere i fan che andranno in trasmissione.

Mi sono stati segnalati due ragazzi che sembrano perfetti: hanno un buon inglese, ottima cultura musicale e i loro commenti sono anche molto simpatici.

Daniela e Adriano sono ritornati a Londra e stanno preparando lo studio, tutto sembra andare per il meglio.

Chiamo il manager degli Arctic Monkeys per organizzare l'intervista.

«Quindi, Mr. Snow, abbiamo già comunicato tramite e-mail. I suoi ragazzi saranno nel nostro studio per sessanta minuti, manderemo in onda cinque canzoni del nuovo album e, negli intervalli tra una canzone e l'altra, i fans e io faremo domande. Tra un paio di giorni avrete la lista delle domande che verranno fatte. Va bene?»

«Carlo, non ti preoccupare, non mi mandare nulla, tanto i ragazzi non le leggeranno mai, a loro piace improvvisare, non amano perder tempo preparando risposte» dice ridendo.

«A dirla tutta nemmeno volevano venire, ma vista l'amicizia con Brian, hanno accettato. Buona giornata» e mi attacca.

Resto sempre più allibito di come l'educazione non sia di casa in alcune persone, soprattutto di un certo mondo e ceto sociale. Saluto i ragazzi dopo un'intensa giornata di lavoro ed esco dallo studio.

Cammino per le strade di Londra e ho un senso di vuoto che mi angoscia.

È la seconda volta in pochi giorni che penso a Giulia.

Prendo il cellulare, la chiamo. Non risponde. Riprovo. Niente. Iniziano le paranoie e penso: non si sarà mica offesa?

Non l'ho più chiamata, mi è stata così vicino quando è morto Luca e io non le sono stato riconoscente.

Ho voglia di lei, ne sento come il bisogno, ma ho aspettato a chiamare, non volevo fosse solo un desiderio sessuale.

Il telefono squilla, subito lo prendo in mano, è mia madre. Scompare l'eccitazione in un secondo.

«Mamma, sto bene, va tutto benissimo, ora devo andare, scusami.»

Richiamo Giulia, la cerco come un tossicodipendente.

«Chi è?» La sua voce, così delicata, cosi sottile.

«Con chi parlo? C'è nessuno?»

Io resto in silenzio, bloccato, inerme. Prendo un lungo respiro.

«Sono io, Carlo, parla ancora un po' ti prego, adoro la tua voce.»

«Carlo, ma che razza di numero è questo?»

«Ah, vero, è quello inglese, non l'ho mandato ancora a nessuno, scusami.»

«Non ho risposto prima perché normalmente non rispondo a numeri che non conosco.»

«Giulia, mi manchi.»

«Carlo…»

«Sì, ho voglia di te, ho bisogno di te, del tuo supporto, è un momento delicato e importante della mia intera carriera, vieni a Londra!»

«Non è che se un giorno ti svegli con una voglia, allora bisogna correre e venire da te.»

Il suo tono è aspro, pungente. «Ti sono stata vicino, come amica, anche se sapevi che per me eri molto di più.»

«Giulia…»

«No, fammi finire! Forse per il mio passato, forse per il mio lavoro o semplicemente per la mia vita, hai deciso di non aprirti a me, l'ho accettato. Ma ora non puoi chiedermi di venire a Londra, perché credo sia solo un capriccio, un desiderio fugace e inconsistente.»

«Hai ragione, ma forse dovremmo parlarne.»

«Carlo, passa una buona serata.»

Mette giù.

XXX
Dopo un intenso giorno di lavoro

Dopo un intenso giorno di lavoro, ho voglia di deliziarmi con qualcosa, come un regalo, un premio, come una ricompensa per aver dato tutto quello che potevo.

Premio me stesso, premio il mio tempo, premio la fatica.

Molto spesso, anche troppo spesso, ci si dimentica di volersi bene, di amarsi e quindi di premiarsi.

Tutto quello che facciamo, lo dovremmo fare per noi stessi, per la nostra vita.

L'insoddisfazione nasce quando non diamo la giusta importanza ai nostri sforzi, quando non apprezziamo come si trascorre il proprio tempo, con chi, e soprattutto quando lo passiamo facendo cose che probabilmente non riteniamo interessanti. Si sbaglia. Ogni singolo giorno deve essere vissuto appieno e ci si deve regalare almeno un sorriso.

Oggi mi premio con una buona cena giapponese!

«Andiamo ragazzi, basta lavorare per oggi, mancano tre giorni alla diretta, abbiamo bisogno di relax ora, vi porto a cena da Taro, pago io, ovviamente.»

«Beh, se paghi tu allora sono già pronto!»

Adriano prende la giacca e nasconde quella di Daniela. È un po' di giorni che li vedo punzecchiarsi, sembrano affiatati, anche troppo.

«Adriano, dai, dove hai messo la mia giacca, non fare il coglione».

Lui gliela porge, lei va per prenderla e lui la ritrae. Ridono come due bambini.

«Weeee, che dobbiamo fare? Io ho fame, non fate gli stupidi, andiamo!»

Taro non delude mai, il cibo è incredibile e l'ambiente è molto semplice ed amichevole. Adriano ordina la terza bottiglia di vino.

«Ehi, capisco che pago io, ma così vi state approfittando» dico ridendo.

«Tirchietti Carlo, ahahahah sì, proprio così ti chiameremo» dice Daniela risponde e, insieme ad Adriano, mi prende in giro.

Mi rallegra la loro intimità. Sono dei bei compagni di viaggio, delle persone di cui mi posso fidare.

Mi squilla il cellulare e rispondo.

«Pronto, ciao Sandro, ti posso richiamare domani che stiamo a cena e anche brilli?»

«Era solo per sapere come andava, domani pomeriggio faremo un collegamento con voi, proveremo anche la connessione video.»

«Me lo dici solo ora?»

«Carlo, scusami, qui è stato un casino questi giorni e dobbiamo forzatamente fare un collegamento prova con voi, domani, alle 15:00 ore italiane.»

Si scusa ancora e confermo agli altri del collegamento.

«Mandalo a cagare» urla Adriano.

«Sandro, ci sentiamo domani mattina per i dettagli.»

Andiamo verso casa, ubriachi, a ridere per Tower Bridge, il Tamigi non mi era mai parso così chiaro, saranno le luci del ponte o l'alcool nel sangue ma tutto sembra luminoso e brillante. Daniela e Adriano si baciano.

«Dai ragazzi, vi lascio soli, fa freddo, io vado!»

Loro nemmeno si voltano per salutarmi, restano impigliati l'uno nell'altra.

Lui appare così goffo, un gigante in confronto a lei, piegato in avanti, sembra che cada da un momento all'altro.

Mi sveglia il rumore confuso di risate, mi sono addormentato vestito, mi alzo, la testa gira molto, mi siedo sul letto.

Si sente un brusio, un sussurrio poi un botto, altre risate che seguono.

Sono loro due. Mi fermo davanti la camera di Adriano, la porta è socchiusa, una luce fioca illumina i loro corpi legati da due labbra che si sfiorano.

Avrei voluto chiedergli di non disturbare, che avrei voluto dormire, ma mi blocco. Li guardo.

Loro non possono vedermi, io sono al buio più completo e la porta lascia non più di cinque centimetri di spazio per sbirciare. Dovrei tornare a letto.

Resto lì. Affascinato e ubriaco.

Adriano si toglie i pantaloni, mentre lei il reggiseno.

Tutto con estrema calma e senza mai staccare le bocche l'una dall'altra.

Sono nudi, in piedi, lui le dice qualcosa, lei passa la sua lingua dal suo collo all'addome, si mette in ginocchio e afferra il suo pene.

È largo, ancora molle.

Fa fatica a succhiarlo.

Daniela, così minuta, davanti a un membro ridicolmente grande. Mi eccito a guardarli, mi sbottono i pantaloni, colmo di alcool e di desiderio.

Ho il mio cazzo in mano. Daniela è in difficoltà nel prenderlo tutto in bocca ma Adriano le preme la testa contro il suo pisello oramai turgido, enorme.

Lei non respira, ma le piace, non fa opposizione.

Lui usa più forza, spinge ancora di più. Glielo sta mettendo in gola, in profondità.

Lei gli afferra la mano e si stacca da lui. Dai suoi occhi cola il nero del rimmel, si alza e gli dice: «Ora scopami e fammi male, trattami come un troia.»

Si gira a pecora e lui la lecca da dietro per poco poi, senza preservativo, la scopa violentemente.

Io sono super arrapato, mi sto facendo una sega mentre li guardo, il mio cazzo è molto duro, la mia mano scivola una meraviglia. Adriano le schiaffeggia il culo, non curante del rumore, non curanti di me, loro scopano selvaggiamente.

Lei gli sussurra qualcosa e lui, ad alta voce: «Puttana!»

Gli schiaffi sul culo sono ancora più decisi.

La prende per i capelli, il suo pene entra e esce sempre più velocemente.

«Eccomi, eccomi sto venendo.»

Daniela ha un forte orgasmo, lui viene qualche secondo dopo sulla sua schiena, io schizzo sulla porta. Tre orgasmi potenti.

XXXI
Piove ancora

Piove ancora, il tempo non aiuta in questa città. Mancano pochi giorni alla prima messa in onda, faccio delle ricerche sulla band, non trovo grandi spunti per l'intervista.

Sarà l'alcool di ieri sera ma sto a pezzi, poco lucido, stanco. Chiamo i ragazzi ospiti del programma, persone gentili, le domande che hanno preparato sono interessanti ma prive di verve.

Chiamo allora il manager della band che non mi risponde.

Come al solito mi liquida con un messaggio reimpostato: "Sono impegnato, ti richiamo più tardi".

Già so che non mi chiamerà mai. Non mi piace questo atteggiamento, non risponde nemmeno alle e-mail, non ho alcuna informazione o dettaglio che mi possa aiutare per l'intervista. Ecco Daniela.

«Scusami per il ritardo...»

«Non ti preoccupare, abbiamo preparato tutto, ora ci servono informazioni sulla band, puoi fare una ricerca? Vorrei trovare qualche notizia particolare, anche qualcosa di molto privato e personale sul cantante».

Lei annuisce e si mette subito a lavoro.

Una grande fame mi assale, è ora di pranzo, scendo in strada e ci sono decine di ristoranti e take-away di ogni tipo: fish and chips, kebab, sushi e curry.

Scelgo di andare da Starbucks all'angolo. Ordino un caffè e un toast.

Apro il mio portatile. C'è molta gente intorno a me, professionisti che lavorano direttamente da quei tavoli, li vedi in vestiti eleganti, magari aspettano un cliente per discutere di affari.

A Londra, come a New York, si ha l'impressione che tutti stiano sempre, costantemente lavorando, anche nei momenti di pausa, anche dentro la metro. Non ci si rilassa mai.

Un mio amico inglese dice sempre che le tre cose più importanti nella vita sono: business, business, business.

Lo posso capire, quando un affitto di un monolocale al centro costa più di un salario medio, i soldi non bastano mai, proprio mai. Daniela mi chiama.

«Ho fatto una prima ricerca e non ho trovato qualcosa che sia diversa da quella che già abbiamo, a parte...» si trattiene un attimo, come aspettando il mio via libera.

«Dimmi, Daniela, cosa hai trovato?»

«Mah, una fonte non ufficiale parla di problemi legati a droghe e alcool, parrebbe che il cantante conduca una vita davvero sregolata...»

«Questo si sapeva, cosa c'è di nuovo in questa notizia?»

«Aspetta, fammi finire! Si dice che la sua compagna abbia abortito, ultimamente, si vocifera che lui abbia causato questo, picchiandola.»

Resto per un po' in silenzio, chiudo la chiamata, mi metto alla ricerca della compagna di Mark, frontman della band.

Non si trova nulla di nulla.

Mi chiama Carrot. Non rispondo. Non voglio essere disturbato. Richiama. La ignoro ancora.

Dopo cinque minuti, sento una carezza alla schiena, è lei, Carrot.

«I tuoi colleghi mi hanno detto che eri uscito a mangiare, non mi rispondi al telefono, ma ti ho trovato!»

«Carrot, sono davvero tanto impegnato, scusami.»

«Sono qui per aiutarti, ci sarò anch'io sabato, sono davvero emozionata nel vedere quei mostri sacri.»

«Grazie ma sto entrando nel panico, non ho informazioni necessarie per un'intervista decente.»

«Cosa stai cercando?»

«Curiosità, aneddoti, cose personali, insomma tutto il materiale per una puntata che deve rimanere nella storia, io mi sto giocando tutto, sento una forte pressione e ho paura che il mio programma sarà un fiasco.»

«Rilassati, amico mio, ci sono qua io! Dimmi cosa stavi cercando.»

«Notizie sulla compagna di Mark, si dice che abbia abortito a causa sua.»

Lei prende il cellulare, si stacca da me, io continuo la mia ricerca. Torna dopo un po' con un sorriso che uccide ogni malessere.

«Prendi le tue cose e andiamo!»

«Dove? E soprattutto perché?»

«Dai, vieni con me, c'è la presentazione del loro nuovo album al Virgin Store».»

Prendo le mie cose, esco, lei è già dentro al taxi.

«Muoviti!»

Di corsa salgo e si parte.

Arriviamo all'evento, è stracolmo di fan, non si riesce a passare. Mi perdo Carrot, lei piccolina si infila sotto le gambe della gente. La vedo, è lì davanti al piccolo palco, c'è una cinta di energumeni che la divide dal cantante che sta facendo autografi. Si gira, mi urla qualcosa che non capisco, poi alza il cellulare in aria.

Sento vibrare il telefono in tasca, un messaggio, vado a leggere. *«Ho la conferma che è lei, la conosco!»*

Io sono ancor più perso! Di chi sta parlando? Che cosa sta succedendo?

Non ho voglia di continuare questo gioco, esco a prendere un po' d'aria fresca, dentro si crepa di caldo e c'è puzza di sudore.

Sono nervoso, ho bisogno di fumare. Cammino almeno un chilometro, trovo una tabaccheria.

Accendo una sigaretta ed ecco vibrare di nuovo il mio cellulare: *"Carlo, non ti ho più visto, sono con lei, ti chiamo più tardi"*.Rinuncio a capire, mi gusto il sapore del tabacco e l'adrenalina accumulata nelle ultime ore si trasforma in totale smarrimento.

XXXII
Altra notte insonne

Altra notte insonne, mi giro e rigiro nel letto.

Ho la necessità di dormire, di riposarmi, domani sarà il grande giorno.

Ripenso a come ho sempre subito le mie emozioni, senza la forza o gli strumenti per arginarle. Ricordo a come da piccolo non riuscivo a dormire, eccitato da un evento importante come una partita di calcio, una vacanza o un esame.

Un misto di eccitazione e paura, elettrizzato dall'essere l'unico protagonista della mia vita.

Mi alzavo dal letto la mattina già stanco, come se quella partita o quell'esame fosse un avvenimento vitale, il più potente di tutta la mia esistenza.

Non avevo poi la lucidità di riflettere e capire che ogni evento, seppur importante, era solo un tassello in un percorso pieno di occasioni.

Questa, però, era un'occasione che non posso sbagliare. L'ho voluta, l'ho creata, l'ho pianificata e organizzata fino l'ultimo dettaglio.

C'è in ballo la mia credibilità e la mia svolta professionale. Molti credono in me.

Mio fratello, sono sicuro, sarebbe stato il mio primo sostenitore. Luca cercava di spronarmi quando mi vedeva infelice, quando solo lui ancora credeva nelle mie potenzialità, mentre io, nemmeno trentenne, mi ero arreso, non sognavo più.

Ricordo che una volta litigammo. Era una cena a casa dei nostri genitori.

Io negli ultimi mesi a Roma, ero abbastanza demotivato, triste, forse depresso. Lui aveva un modo di pungolare che mi dava ai nervi.

Nemmeno ricordo cosa mi disse, so solo che ci azzuffammo e ne uscimmo con un occhio nero a testa.

Ora vorrei solo stringerlo forte. Vorrei chiedergli scusa per non aver capito il suo modo di esortarmi a rinascere e vivere appieno la mia vita. Vorrei che lui vedesse queste lacrime e potesse asciugarle con un abbraccio.

Sarebbe stupendo potergli chiedere dei consigli. Spero che il suo ricordo mi dia la forza di affrontare la mia solita paura del fallimento.

Luca sapeva che eravamo diversi, lui sapeva che io meritavo di più, più di quello che mi era stato offerto.

Lui non aveva grandi pretese. I suoi hobby erano le sue gioie. Ognuno deve cercare la felicità come meglio crede. Io, la mia vita, non la stavo inseguendo. Non era la mia vita quella che stavo vivendo.

Il cellulare vibra, non capisco dove l'ho messo. Mi alzo, accendo la luce, è sopra il portatile.

Un messaggio. Vedo l'ora, le 0:58. É Giulia: *"Sono appena arrivata al London Eye Hotel, ho voglia di vederti"*.

Giulia a Londra? Non ci penso più di tanto, le rispondo con un velocissimo *"Arrivo"*, il tempo di lavarmi i denti e già sono fuori in cerca di un taxi.

Sono alla reception, ancora incredulo, la vedo entrare nel corridoio, è uno spettacolo, riesco a vedere solo lei, nessun dettaglio intorno a me, tutto sfocato.

«Ciao, portami fuori, ho voglia di ballare.»

«Ballare?»

«Sì, testone, ballare! È venerdì notte, siamo a Londra no?»

«Ma domani inizia il mio programma!»

«Allora armati di sorriso e usciamo, il tuo programma inizia nel tardo pomeriggio, no?»

Annuisco con la testa ma ho troppi pensieri, non riesco proprio a lasciarmi andare. Lei mette le sue mani sul mio viso, resto immobile, dolcemente allarga la mia bocca in un sorriso.

«Vedi che carino che sei ora? Siamo pronti adesso, andiamo!»

Scoppiamo in una risata, ci abbracciamo e usciamo nella pioggia di Londra.

«Molto carino questo locale! Quante ne hai già portate qui?»

«Giulia! Dai! Nessuna... negli ultimi tre giorni.»

Lei mette un finto broncio, è troppo bella, vorrei baciarla ma non desidero rovinare nulla. Mi alzo, vado a ordinare una bottiglia di vino.

«Buono questo rosso, però non voglio che paghi per me, domani sera potresti essere disoccupato, risparmia qualcosa, dai!» Scoppia in una risata sguaiata, mi vede terribilmente contrariato.

«Dai sto scherzando! Ti conosco troppo bene, tu sei in ansia, ansia da prestazione, volevo stemperare solo un po' gli animi.» Mi abbraccia poi mi sussurra all'orecchio: «Quanto devo aspettare ancora per avere un bacio?»

«Sì, ma vorrei parlarti...»

Lei non mi fa nemmeno finire, tira giù l'ultimo bicchiere di vino, mi dà un bacio a stampo e mi strascina con forza sulla pista da ballare.

Si muove divinamente, adoro ballare la salsa, c'è una grande sintonia tra noi, come sempre.

Mi stacco da lei lasciandola ballare sola, la ammiro da qualche metro di distanza, il mio angelo. Mi è mancata, tanto, troppo. Così testardo da voler a tutti i costi star bene da solo, non considerando le pulsioni e i sentimenti.

Non ho dato voce alle mie emozioni. Giulia mi porge un altro bicchiere di vino.

«Assaggia questo, altro che quei vini aspri come l'aceto!»

In realtà ha ragione, un vino superbo, leggo l'etichetta.

È un Barolo Riserva Monfortino.

Certo che è buono, è il vino più costoso d'Italia. Non voglio nemmeno chiedere quanto ha speso, mi godo il vino e lei che continua a ballare senza freni.

«Carlo, era tanto che non ballavo così, libera, spensierata, tu mi fai stare bene.»

Le prendo una mano e la porto in una sala lounge, dove il rimbombo della musica è flebile.

«Dobbiamo parlare, perché sei venuta qui?»

«Aspetta, io ho domande da fare, non tu. Ci siamo visti per un breve periodo, c'era passione e complicità, poi sei sparito. Ho cercato di starti vicino quando Luca è morto, ma tu mi hai ignorata come se la mia presenza ti desse fastidio. Non ne ho fatto un dramma, ho capito. Poi, dopo diverse settimane che sei a

Londra, mi chiami, ti rifai vivo dicendomi che ti manco. Cosa cavolo ti manca? Perché hai aspettato così tanto a chiamarmi? Perché ti dovrei credere?»

Il suo sguardo era cambiato, un fuoco la animava.

«Ho pensato tanto a te ultimamente, stando solo ho capito molte cose. All'inizio, seppur preso moltissimo dai nostri giochi, ho creduto che tu fossi troppo diversa da me. La tua vita, il tuo lavoro, le persone di cui ti circondi, sono lontane anni luce da me. Poi mio fratello è morto e non ho avuto più spazio per altre emozioni, avevo bisogno di stare solo. In questo periodo a Londra ho analizzato tutto con più chiarezza e...»

Lei mi blocca: «Carlo, la mia vita, il mio lavoro? Non posso essere giudicata per il mio lavoro...»

«Aspetta», questa volta la blocco io. «Fammi finire! In effetti non c'è nulla di male nel tuo lavoro! Era tutto così strano e nuovo per me che sono scappato. È stato un processo lungo e non facile, ma ora non ho più dubbi, tu sei la donna che io vorrei al mio fianco.»

«A sì? E come l'hai capito?»

«Ripensavo a come mi sei stata vicino quando ne avevo bisogno. Avevo paura che i soldi e gli amici potenti ti avessero cambiata, invece la tua anima è sempre pura, come al primo bacio del liceo».

Lei sorride, arrossisce un po', mi abbraccia e mi bacia appassionatamente.

Ho i brividi, stacco le mie labbra, la guardo per un attimo dentro gli occhi, le sorrido.

«Carlo, volevo sentire questo da te, che mi vuoi, che mi desideri davvero, sono venuta per restare al tuo fianco. Voglio accompagnarti in questa tua nuova avventura.»

«Ma il tuo lavoro?» chiedo.

«Mi basta un computer e posso gestire tutto da qui, ho persone in gamba che lavorano bene anche senza di me.»

La bacio ancora.

«Giulia, ora ti voglio.»

«Andiamo in hotel.»

Torniamo al tavolo, prendiamo la bottiglia di vino rimasta e chiamiamo un taxi. Mai sono stato così convinto di volere una donna, tutto sembra essere più leggero e i miei dubbi sono scomparsi.

XXXIII
Tre due uno, siamo in onda!

Tre due uno, siamo in onda!

Alla mia destra è seduta la band, per ora senza il cantante: è in ritardo. Alla mia sinistra ci sono i due fan e in fondo al tavolo ci sono Carrot e Daniela.

Davanti a me c'è la regia con Adriano in consolle e una telecamera montata fissa che manda le immagini su Facebook e Radiostyle TV.

Sento una grande pressione su di me ma i primi minuti del programma sono carini, gli elementi della band molto simpatici, rispondono alle domande dei fans svelando qualche piccolo aneddoto.

Mando la prima canzone del loro nuovo album e chiedo ai presenti notizie di Mark.

Sono passati dieci minuti e nessuno sa nulla.

Poi Carrot mi viene vicino, mi toglie le cuffie e mi dice: «Ho sentito poco fa la compagna di Mark, mi ha detto che ieri si sono lasciati, lui la picchia sempre.»

Il programma continua ma gli ascolti stanno scendendo, il live su Facebook è calato terribilmente, da 20 mila a 8 mila viewers.

Mancano venti minuti, sta per finire il quarto estratto del loro album.

Mark entra nello studio barcollando. Puzza terribilmente di alcool e non si regge in piedi. Mi presento, nemmeno mi stringe la mano.

«Non mi importa chi sei, ho solo voglia di finire in fretta questa cazzata.»

Riprendo la messa in onda, non ho avuto nemmeno tempo di rispondere a questo maleducato. Devo mantenere la calma.

I fans fanno delle domande a Mark, lui li prende in giro, si sente un Dio in terra.

Gli ascolti però salgono vertiginosamente. Mando la loro ultima canzone, ricordo che abbiamo una lattina di birra in frigo, chiedo a Daniela di andarla a prendere.

«Tieni, Mark, spero ti aiuti a superare questi noiosissimi dieci minuti rimasti.»

Lui mi fa un sorriso e manda giù un bel sorso di birra.

«Davvero bellissimo il brano del nuovo album, complimenti ragazzi! Mark, in questa canzone parli di una donna, probabilmente sei innamorato al momento, sei fidanzato?»

«Ehi, innamorato è un parolone» dice ridendo come un cretino, «sì, ho una donna.»

«Detto così sembra che la possiedi.»

«Certo che la possiedo, è la mia donna.»

Sempre con quel suo modo strafottente di parlare. Infastidito da questo suo modo, incalzo con le domande.

«Sai, ho letto delle cose su di te e sulla tua relazione, a cui io non do ovviamente credito…»

«Ma ancora con queste cazzate?»

A questo punto, una voce fuori campo interrompe il nostro discorso, è Carrot: «Mark, tu non possiedi nessuno, Penny ti ha lasciato.»

Lui si alza dalla sedia, va su tutte le furie. Chiedo a Carrot di chiamarla in diretta.

«Mark questo è il momento della verità, hai la possibilità di mettere a tacere tutte le malelingue!»

«Chi cazzo è questa nana?»

Gli altri componenti della band cercano di fermarlo, sbraita, ma riescono a rimetterlo seduto. Ecco un'altra voce che spezza un secondo di silenzio.

«Sono Penny, buona sera».

A quel punto Mark urla.

«Che cazzo hai detto alla nana? Ci siamo lasciati?»

«Ti ho lasciato, sì.»

«Tu non vai da nessuna parte.»

«Io invece ho deciso.»

«Tu non decidi un bel niente, io decido, non tu.»

Lui è furioso, ubriaco e forse drogato, non è più in sé. Intervengo io.

«Mark, calma, non essere violento.»

«Dove vedi la violenza?»

«Parlare così a una donna per me è violenza!»

«Ma che cazzo dici, coglione, tu non ha mai visto la violenza.»

«Mi stai minacc…»

Non faccio in tempo a finire la domanda che lui si scaglia contro di me con un pugno che va diretto sul mio naso.

Parapiglia generale.

Adriano interrompe la diretta.

XXXIV
Cerco di pulire gli schizzi di sangue

Cerco di pulire gli schizzi di sangue dal lavandino, sono stato appena licenziato e ho il naso rotto.

Vittorio al telefono era furibondo, non ho saputo dire nulla, solo un *mi dispiace* e ho chiuso la chiamata.

Mi guardo allo specchio di questo freddo bagno, ho davvero sbagliato tutto, vorrei prendermi a schiaffi.

Ho deluso Vittorio, lui aveva grandi aspettative su di me. Il mio cellulare squilla di nuovo, è Sandro.

«Ehi, Carlo.»

«Scusami Sandro, sono stato un disastro, scusami, scusatemi tutti.»

«Ma quali scuse! Tra Radiostyle, Facebook e Radiostyle TV abbiamo raggiunto quasi un milione di ascoltatori! Il video è già stato condiviso da centocinquantamila persone. Abbiamo ricevuto chiamate ed e-mail da TV di tutto il mondo che vorrebbero farci da partner per le prossime puntate. È stato un successo incredibile!»

«Non ci sto capendo più nulla» dico incredulo.

«Aspetta c'è qualcuno che vorrebbe parlarti... Ciao Carlo, sono Vittorio, scusami per prima, ho reagito a caldo, pensavo di esserci giocati questi mesi di preparazione e soprattutto tutti i miei investimenti. Invece sono felice di dirti che ce l'abbiamo fatta, ce l'hai fatta, non so che dire, sei stato geniale.»

«Ma come? Mi hai licenziato.»

«Ho sbagliato. Per fartelo capire domani ti mando il contratto che ti meriti!»

Esco dal bagno, Adriano e Daniela corrono ad abbracciarmi, siamo tutti al settimo cielo.

«Dov'è Carrot? È andata via poco dopo l'uscita della band»

La chiamo, non risponde. Saluto tutti, prendo le mie cose, esco correndo dallo studio.

«Giulia, amore, sono sul taxi, sarò da te a brevissimo, sto bene, non mi far domande, voglio solo abbracciarti!»

Chiudo la chiamata e focalizzo la mia attenzione sulla canzone appena presentata alla radio. Conosco questa voce. È Carrot!

Che sensazione meravigliosa!

Il suo primo singolo è nelle radio nazionali. Brividi percorrono tutto il mio corpo. Sulle note di questa stupenda musica, mi perdo.

Potrei essere felice per come è andata in radio, felice delle parole di Sandro e Vittorio, ma non ci penso già più. Da ieri tutto appare più semplice, come il riconoscere finalmente l'amore.

Voglio solo lei.

Voglio solo noi.

Fine

32127847R00089

Printed in Poland
by Amazon Fulfillment
Poland Sp. z o.o., Wrocław